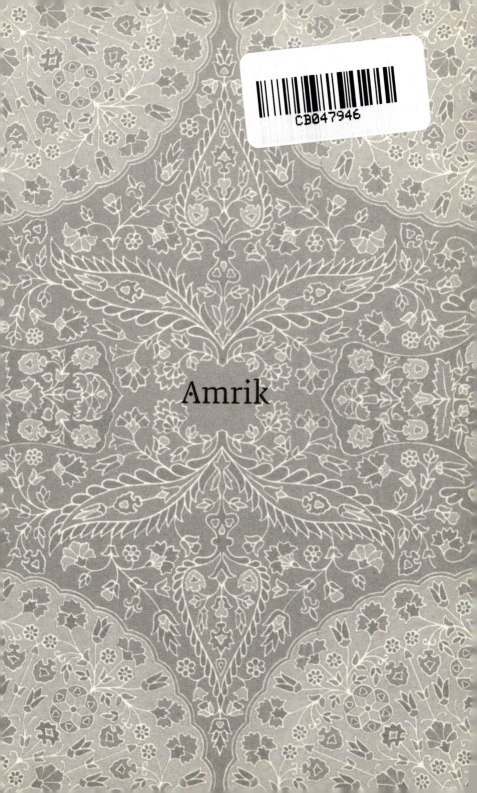
Amrik

ANA MIRANDA

Amrik

Romance

3ª edição

COMPANHIA DAS LETRAS

Copyright © 1997 by Ana Miranda

Grafia atualizada segundo o Acordo Ortográfico da Língua Portuguesa de 1990, que entrou em vigor no Brasil em 2009.

Capa:
Victor Burton
sobre desenho de Ana Miranda

Ilustrações:
Ana Miranda

Preparação:
Adma Muhana, com a colaboração de Mamede Jarouche para o glossário

Revisão:
Ana Paula Castellani
Beatriz Moreira

Atualização ortográfica:
Verba Editorial

Dados Internacionais de Catalogação na Publicação (CIP)
(Câmara Brasileira do Livro, SP, Brasil)

Miranda, Ana
   Amrik / Ana Miranda. — São Paulo : Companhia das Letras, 2011.

ISBN 978-85-359-1836-6

1. Romance brasileiro I. Título.

11-01576   CDD-869.935

Índice para catálogo sistemático:
1. Romances : Literatura brasileira 869.935

2013

Todos os direitos desta edição reservados à
EDITORA SCHWARCZ S.A.
Rua Bandeira Paulista, 702, cj. 72
04532-002 — São Paulo — SP
Telefone: (11) 3707-3500
Fax: (11) 3707-3501
www.companhiadasletras.com.br
www.blogdacompanhia.com.br

*para Maria Isabel
e Miguel*

Ser livre é, frequentemente, ser só.

Auden

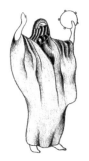

PARTE 1

Duas taças
de árak

Cortesã de Trebesta

Com o mascate Abraão ia eu ser muito feliz, diz tio Naim, viver numa casa imensa, de avental contar os ovos, bater manteiga, ralar abóbora, picar amêndoa, a natureza nos dedos, regar uma horta no quintal, alface hortelã tomilho, ter sexo na noite abençoado, açúcar cristal na língua hmmm Nas coisas mais simples está o sentido da vida, Amina, a chave da despensa no bolso arre, no rosto o frio da água do lago, a grama tomada de capim, passo o dedo na corola da florzinha vermelhinha que nasceu no gramado do Jardim da Luz, tocar a flor silvestre parece tocar o meu corpo em sua flor, irra tiro o dedo, toca a banda dos alfaiates italianos que domingo passeiam na rua vestidos com a farda dos bersaglieri e fazem tocata no coreto, com o mascate Abraão ia eu ter de dançar para ele haialá laiá depois sentir as mãos dele me despindo, a língua dele arre o cipreste se sacia em suas fontes, as espadas lavram a concavidade dos vales, amantes branqueiam colinas com o leite de suas gazelas, ter de admitir suas brincadeiras e tapinhas, o sabre plantado, bocas unidas, naquela casa sem um quarto só para mim, suportar as gazelinhas fazendo barulho correndo pela casa irra, o cheiro de galinha morta das velhas se lambendo os dedos, numa noite ser Xarazade, na outra Naziad a cortesã de Trebesta na seguinte uma das moças de Adrar inebriando os golfinhos, cozinhar para quinze pessoas, viver só para ganhar dinheiro e ganhar dinheiro só para guardar e dar a vida para isso, o grande retorno para o Líbano, Responde, Amina, aceita casar com o senhor Abraão?

Pássaro Miragem

Mais vale um pássaro na mão que dois voando, não, mais vale um pássaro voando, de que vale um pássaro que não voa? melhor o pássaro voando e vai ter de fechar a mão até cansar e assim cansada a mão abre e o pássaro voa mesmo, sempre ele vai voar, pássaro é para voar vuuu vuuu vuvuvuvuuu pássaro voando não é uma miragem antes a miragem de um pássaro voando que um pássaro miragem, a verdade é uma mulher nua, onde poderá entrar sem ofender? sem ruborizar? sentamos ao lado do lago no Jardim da Luz e olho os peixes nadando na água clara, dia de sol e brisa fresca, estendo uma toalha na relva e tiro da cesta damascos figos secos chá de ervas biscoitos ataifes que fiz hmmm rosca de gergelim que comprei no Mercado Municipal, duas taças de árak, um peixe azul nada com leveza para um lado e outro nas suas escamas divago, o que me resta, o que posso ter, somos tão pequenos mas nosso coração pode ser grande como uma montanha, meu pensamento voa até a montanha do Líbano, a neve escorre do alto como fosse um leite grosso, leite de cabra que eu bebia de manhã, vovó Farida não podia me ensinar a dançar, nas noites de verão íamos vovó e eu espalhar damascos no sath para secar ao sol e levávamos tapetes e almofadas para deitar e olhar as estrelas, ali no cimo da casa eu ouvia as histórias de vovó, no Egito dançou para franceses haialala as histórias de Kutchuk Hanem, de Aziza, os braços ondulando serpentes brancas, vovó se levantava dançava ao luar halalakala e me mandava dançar, suadas adormecíamos debaixo da lua.

Debaixo da Lua

Do sangue de minha mãe sou metade gente metade animal, uma espécie de cordeiro de chifres feita do fogo, do sêmen, de uma fugitiva, minha mãe nunca respondeu a nenhuma acusação de papai, mas obedecia às suas ordens, mas guardou tudo dentro de sua alma e um dia deixou papai girando tonto em casa abrindo e fechando porta, perdido na sua dor sem poder entender nem explicar nada nem que fosse erro seu, mas dela, no modo de encontrar sempre o erro nos outros, os irmãos ficaram do lado dele contra ela, menos Fuad que sempre pensou o contrário de Feres, eu estava do lado dela mas era tão pequena nem compreendia bem, sei que me sentia abandonada e traída mais pelo mistério que pela perda, eu tinha vovó, mas o mistério me deixou com um vazio no peito, vivo até hoje com esse vazio e sempre encontro mais mistérios, tio Naim sabe como funciona o relógio, onde fica Guzerate, coisas assim, mas não sabe explicar por que mamãe desapareceu, quando pergunto ele fica em silêncio, seus olhos se levantam como se olhassem dentro da mente um lugar secreto onde está mamãe, um olhar de compaixão, na minha casa não havia espelho, eu só via meu rosto numa bandeja velha de prata esfumaçada, nem sei que rosto era, sei dos cheiros e do gosto das coisas, hmmm páprica hmmm a baba da mulukhiya arghghghg a acidez do sumagre hmhmhm farinha clara hmhmhm cereja brava krawia hmhmh ai não para de mexer até engrossar, recheio de tâmara mahmoul b'tamar.

Hardmana, Fairine

Papai dizia, Amina vai embora, era uma sentença, não apenas palavras, eram pedras pppááá vovó Farida dizia Amina cala tua boca Amina vai buscar hifeine Amina vai buscar hailum, eu corria pela montanha na primavera e no verão até o campo onde nasciam as ervas selvagens, com os pés arranhados nas pedras espinhos eu chegava nos tufos de vegetação e buscava entre as ervas daninhas hardmana, fairine, hendbi a erva que vovó queria para a receita hmm e colhia com cuidado nos dedos, as ervas sentem tudo, o corte, o mover, a minha pele dos dedos, tirava com raiz e punha devagarinho no fundo da cesta para levar à sombra, passava no regato e salpicava água fresca, corria o mais que podia nas encostas até a cozinha de vovó, ela dizia Ervas dos nossos antepassados, e me ensinava eu aprendia a usar para os tempos de escassez, vovó estava sempre esperando os dias de escassez mas às vezes me esquecia da tarefa por encontrar uma novidade uma folha diferente uma florzinha perdida uma vagem aberta um esqueleto de ovelha um homem e uma mulher abraçados na relva ou detrás de uma pedra fucfucfuc chegava atrasada e vovó dizia Amina se perdeu no dár, vovó mandava eu fazia, os meninos faziam, nem papai mandava nela, papai dizia Farida velha fedida não pode ensinar Amina a dançar, vovó Farida de noite me ensinava a dançar, no sath haialaia laia a dança era para vovó haiala sua honra laiahaia e ela, Ha esse velho de coração de lágrimas, de laban, de refresco perfumado, samnem mufaise, dia quente manteiga derretida.

Manteiga Derretida

Não ensina teus filhos a odiar, o ódio envenena o coração, meu pai dizia que quem ensinou os filhos a odiar foi Ela, mas sei que nunca houve ódio nos olhos de mamãe, eram doces, até um pouco parados como os olhos estúpidos dos camelos, doces como seus ataifes os maravilhosos ataifes que ela preparava, ela era tão boa na culinária que se podia pensar, a revolta de meu pai e de meus irmãos era de perder a cozinheira e não a mãe, mamãe sabia pegar as coisas com os dedos dos pés, como as sunitas, uma habilidade que encantava, ela estava com um alguidar na mão e uma colher na outra, estendia a perna e pegava a faca com os dedos dos pés, tinha os pés esbranquiçados, lembro melhor de seus pés que de seu rosto, ressecados, uma babucha feita de pano velho de tenda que vendiam na feira, papai comprava sapatos de couro para ela bordados de flores mas ela gostava de suas chinelinhas listradas, a sola em fibra de palma de Arsal, quando ela mastigava parecia um camelo ruminando, a mente distante, talvez lá no lugar para onde ela fugiria, ela levava sempre no peito um escapulário e tinha na alcova uma imagem de santa e um terço para rezar, rezava ajoelhada, já fomos bizantinos já fomos persas fomos árabes fomos cristãos, depois fomos mamalucos egípcios, mamãe na sua estranheza tinha todos os traços de nossa história antiga, naquele nariz comprido, naquele corpo longo, ela não queria que eu fosse dançarina, Futuro de dançarina é vidente ou cartomante, mas seus olhos brilhavam quando me via dançar com vovó.

Objetos Peludos

Bêbados falavam mal de suas mulheres, das mulheres de todos, papai voltava para casa bêbado e abria o estojo da faca, maldizia mamãe Maimuna comedora de tios-felpudos mulher quando fala mente quando promete não cumpre quando cumpre volta atrás quando nela confiam trai quando não trai fere revela facilmente sua parte íntima a qualquer um lança olhares a todos semeia discórdia um homem não pode partir para a aldeia vizinha nem por um dia se voltar antes vai encontrar a mulher na relva com um negro Ó mulheres em multidão não conseguis suportar pacientemente a ausência do objeto peludo nem por um dia? Não se pode confiar nem mesmo no irmão Os criados de seu marido pastam fartamente junto delas sob os olhos de todo o mundo, papai chorava nos galhos da açofeifa e se arranhava nos espinhos prometia mais uma vez que ia matar mamãe se ela voltasse, cortando seu pescoço e furando seus olhos ia beber o seu sangue, Abduhader era logo chamado no trabalho na tenda de drogas e vinha correndo, consolava papai, o único filho a quem papai ouvia, tomava de suas mãos a faca e a escondia mas um dia ou dois dias depois ele devolvia a faca a papai como concordasse em esfaquear mamãe ou porque achasse que isso mantinha papai vivo, o ódio, mas papai depois da embriaguez vagueava nos descampados perto dos abismos, sentava numa pedra e como não conseguia chorar ele gritava para o eco da montanha o nome de mamãe, os filhos ouviam a montanha responder Maimuuunaaaa.

Mamãe Maimuna

Mamãe era uma mulher que atraía os homens como o mel atrai os ursos, não era tão bela como vovó Farida em sua juventude mas sei, sei, vovó Farida daria toda a sua beleza em troca da volúpia em mamãe, vovó sempre sussurrava Amina nunca deixes de amar tua mamãe nunca te esqueças dela ela está dentro de ti e se a esqueceres nunca saberás quem és, se és ela e dela, eu me lembrava de mamãe mas como uma longa sombra negra deslizando diante das chamas do forno, lembrava dos seus pés em chinelas, pés de sunita que pegavam coisas, seus cabelos pintados com hena, o que mais lembrava? seus ataifes seus soluços tristes uma lágrima escorrendo na sua face e a língua a recolhendo, lembrava mais da sua ausência do imenso vazio na cozinha um buraco sem fundo os olhares de pena ou maliciosos das mulheres em volta do tanur, compartilhavam o sal o pão e as lágrimas, da dor que quase matava papai, da destruição lenta corroendo seu rosto de sofrimento com água salgada o ódio que sentiam dela me fazia pensar pensar aiaiai nem sei muito o quê mas ficava parada olhando um lugar vago dentro de mim onde não encontrava nada, nenhuma explicação, nem raiva, nem crítica, para mim apenas era assim ela foi embora e pronto e daí? nada mais a fazer nada a reclamar nada a vingar, não eu, e papai estava de certa maneira contente porque a fuga de mamãe comprovava as suas ideias de o que eram as mulheres.

Joia no Escrínio

Havia uma diferença entre nós e os outros da aldeia, eles eram pessoas e nós outra coisa aproximada, uma gente da lua e eles da terra, por causa de vovó? de Farida ter sido dançarina, dançarinas adoradas e odiadas, havia uma excitação em torno de vovó como esperassem que por uma magia de queimar almíscar na noite de lua cheia ela aparecesse jovem suntuosa bailando com címbalos tectectec pac pá haialaia tornando mais luxuriantes as noites estreladas tristes de uivos latidos ventos pássaros noturnos, quiçá por vovó os homens sentissem atração em mamãe Maimuna, imaginassem debaixo daqueles panos rudes negros que a cobriam o ardente corpo de uma secreta dançarina que dançava na alcova e aos raios de luar, vovó disse que quando eu fosse dançarina ia me chamar Raio de Luar, talvez soubera da existência de Mahtab ou talvez fosse de sua magia shour adivinhadora ai imperfeitas criaturas o corpo não pode ser rejeitado nem esquecido ele não é inferior deve de ser desejado amado como uma joia de família precisa ser guardado no escrínio, quem despreza o corpo sentirá a vingança de Deus, dança deve de ser vista haialaia em seu lado haiala de devoção haihai pác ritual e não o frívolo lado, uma contemplação religiosa e não uma artimanha das mulheres para aprisionar espíritos de homens fracos e exaurir sua virilidade haialaia dança é vinho e vinho pode ser tomado em comunhão na igreja como o sangue de Deus ou pode ser tomado nas festas dos clientes de Baco tirando as suas baforadas.

Mãe Ghazala

Um tipo de estrangeiros na própria aldeia e depois o mistério de mamãe shshshshft a fuga o viúvo Jamil que não era viúvo, ela morreu, ela não morreu, não morreu nem mesmo no coração de papai, ao contrário, a ausência de mamãe era mais intensa que sua presença, mamãe tinha virado raposa porque era muito libidinosa, vivia na montanha com as alcateias auuuuuuu e era ela quem vinha de noite matar as ovelhas e encantar os aldeões para traírem suas mulheres com mulheres raposas, sentada no tamborete sírio de madeira e madrepérola e acendia velas mágicas para criar qubul sexual ou foi raptada ou fugiu para o deserto sírio com um negro ou traiu com os turcos ou papai havia jogado mamãe pelo abismo para vingar a honra, eu ouvia as lendas e aceitava todas como verdadeiras, O que passou de verdade com mamãe tio Naim? e ele ficou pálido, pensou longamente a resposta mas parece que não havia, tão longamente que perdeu a resposta mas ele sabia, eu nunca mais perguntei mas sentia uma curiosidade e se olhava para ele mais tempo ele sentia o meu silêncio e saía de perto de mim, isso criou uma distância entre nós dois, eu perguntava se os drusos haviam arrancado seus olhos, ele ficava da mesma maneira pálido e com um sono, um cansaço, dava uma desculpa e saía de perto, nunca vi tio Naim chorando, sei que ficou cego no ano do massacre, no ano em que nasci e sei que lutou contra drusos, sei outros segredos dele, sei quem era a mulher que ele amava, vovó Farida me contou.

Serpente do Nilo

Hoje vou ensinar Amina, gazelinha que vai ser dançarina, posso adivinhar, Amina tem olhar de uma serpente do Nilo, o passo leve, estudados intervalos no tempo, olhar de desdém como olhasse um deserto distante, mamãe vigiava querendo dançar, umas velhas queriam também dançar, e papai condenou nossa dança, uma lascívia de muçulmanas, Tudo o que fazemos de tradição é sagrado, disse vovó, as suas palavras caíram no fundo do poço seco dos ouvidos de papai, Amina vamos, as dançarinas foram expulsas do Cairo pelo malvado governador, os homens viajavam dias e noites rio acima até Esna apenas para ver Kutchuk Hanem dançar, assim é a dança, para fazer um homem andar mil passos num vale ou atravessar um deserto sem camelo, Vamos amarrar um pano nos quadris, sentir os quadris, assim assim haialaia dança de apreciar e dança de sentir bem no corpo e na alma, Vamos dançar a dança de se sentir bem haialaia vovó batia os címbalos nos dedos, eu dançava segurando as pontas das tranças para dar lugar às mãos haialalala vira vira stlac stlac e não ficarem correndo no ar haialaia os braços formando asas de xícaras vovó borrifava água de rosas, os meninos comiam pedaços de galinha hmmm na mesa baixa de prata e encostado na parede do fundo papai, os olhos pretos um marabu da Índia e grandes, rasgados, os braços cruzados, califa tomando conta do que devia de ser o mundo, Por que não foi trabalhar hoje senhor Jamil?

Ghawazee

Os longos braços das ghawazee cobras brancas ao luar, arquisedutoras e sua beleza faz delas um perigo, o lorde pegou sífilis e quando o escritor francês visitou o Cairo as dançarinas tinham sido expulsas acusadas de seduzir, os homens mais gentis e sonhadores se apaixonam por uma dançarina egípcia apenas ao verem-na dançar, ela avança flutuando com tanta leveza que não se percebe nenhum esforço em seus gestos, ondula os braços que parecem serpentes de repente gira o corpo para trás agita os quadris faz uma pausa recomeça os movimentos, seu corpo parece não ter ossos, os homens enfeitiçados se esquecem de fumar e os bêbados ficam sóbrios, há uma arte em harmonizar os gestos, a forma ideal, em descobrir a vocação de cada parte do corpo, o mais perfeito uso das mãos, do queixo, dos ombros, dos pés, o espaço que os quadris devem ocupar, em que lugar se joga a transparência de um véu, uma arte de espaço de espírito de anatomia, a dança tem sua alma, li num livro que um escritor francês viajou pelo Nilo até uma pequena cidade para assistir à dança de uma famosa bailarina, no caminho viu muitas delas, depois descreveu em seu diário ghawazee tão sensuais que os músicos tinham de vendar os olhos, dança é um desejo de solidão, uma contemplação do interior da selvageria do corpo, das nostalgias da memória, mágicos efeitos, celebração da calma do espírito clarividente, corpo, a simbólica encarnação da infinita luxúria a obediência à paixão e ao perverso temperamento feminino.

Trouxa de Pano

Por causa dos turcos e dos muçulmanos que queriam matar tio Naim porque escrevia contra eles tivemos de partir de nossa aldeia, tio Naim encheu um baú com seus livros, umas joias de ouro para trocar por comida ou roupa, uma manta de pelo de carneiro e nada mais, pediu a papai que mandasse um dos filhos acompanhar, papai olhou os filhos, todos de olhos arregalados, num silêncio fundo, um dois três quatro talvez todos os filhos homens quisessem cinco ir mas papai escolheu o filho que menos lhe servia, seis a única filha mulher, para que servia uma filha mulher? os filhos iam casar e quando vovó Farida morresse as esposas iam cuidar da cozinha e fazer mais crianças para o trabalho na agricultura, ele me achava vaidosa, dissimulada, meu rosto lembrava o da minha mãe e isso fazia papai sofrer ainda mais, vovó Farida preparou uma trouxa de pano com um agasalho, uma roupa, escondeu em um lenço um tamborzinho de mão, os címbalos, o pandeiro, seu tesouro, o que vovó tinha de mais precioso, abriu a minha mão e a fechou com duas moedas frias, duas moedas pequenas, frias, tio Naim ia conseguir dois lugares num transatlântico italiano para Marselha em Marselha outro navio para Amrik, Beirute ocupada por nossos inimigos turcos arre mas eu não sabia nada disso apenas havia inimigos e os nossos eram sem rosto eram turcos eram uma palavra eu nunca tinha visto um turco via umas pessoas parecidas com as outras todas vivendo em paz mas com medo.

Adeus Mdúkha

Madrugada todos dormiam a rua estava deserta as raposas latiam no alto das pedras atacavam os vinhedos na sombra do luar, uma carroça parou na frente da minha casa e me levou com tio Naim, longa viagem até o porto de Beirute, sacolejava, eu olhei as estrelas e sabia que nunca mais ia ver aquelas estrelas, olhei o sol nascer as encostas da montanha os picos onde ficavam os cedros a neve que parecia leite escorrendo pela encosta os olivais os cipres e nardos as fontes d'água os campos de trigo, nunca mais ia ver aquilo tudo ainda sentia os braços de vovó Farida me apertando Amina-
-menina as moedas tilintavam no meu avental, longe ficou a aldeia no alto da colina, Mdúkha longe ficou vovó Farida secara as lágrimas com pano branco dos cabelos cada vez mais distantes as janelas azuis de minha casa os templos as rosas do jardim que vovó cultivava a açofeifa no dár onde papai se escondia, o sath onde secavam os damascos e os figos brancos ao luar, os pombos arrulhando, os sussurros das mulheres em volta do tanur da aldeia, viajei sentada de costas na carroça olhei para trás tentei gravar na minha lembrança as cabras que via, as ovelhas, os bules dourados a imensa bandeja de barro onde vovó fazia pão, o cheiro de pão e o calor do forno, o cheiro de jasmim e manjericão os campos de trigo o orvalho que eu gostava de beber nas folhas da relva, a minha infância acabava ali na estrada descendente, minha vida se tornava meu passado e minha infância se perdia nele schuift.

Kahk B'halib

Uma infância feliz de comer e brincar correr pelos campos de cevada feito vento colher figos espetar legumes nos cordões para pendurar debaixo do telhado onde ficava o forno esmagar uvas com os pés, no inverno trabalhar na cozinha quentinha de vovó Farida, ficar moendo amêndoas perto do fogo, terminava uma tarefa e vovó Farida me dava chá com nozes eu bebia sentia queimar a língua e a boca, Assopra Amina tu não és burra, tio Naim na carroça também vinha virado para trás em silêncio, ouvi o resfolegar do cavalo cansado os cascos na terra as rodas giravam arranhadas, tio Naim perguntou se eu tinha fome, tirou do bolso um saquinho com roscas de leite, da Páscoa, havia sobrado um pouco de kahk b'halib para mim hmmm tão boas, ele disse que não gostava de meninas magrinhas então falamos dos navios, dos mares, dos anseios das criaturas, ele falou da Amrik que era um sonho, até que percebi uma luz no céu, não forte mas espalhada nas nuvens, e virei para a frente, ali estava um tapete de luzes e uma grande água de unhas prateadas, luinhas, Beirute de que tanto falava Abduhader, Beirute haaaaammm uma cidade grande confusa urinada gente nas ruas mesmo naquela hora da noite, entramos nas ruas estreitas e nas mais estreitas cheirando a gordura e assim a cidade se fez em minha mente, eu a conheci primeiro por suas luzes seus escuros e seus cheiros e seus ruídos, fomos deixados em uma casa rica de poetas amigos de tio Naim, para ficar ali uns poucos dias antes da partida mas perdemos o embarque.

Língua da Amrik

Em Beirute existia o outro lado do mundo, eles sabiam e estava lá, uma gente estranha, os poetas da casa pareciam príncipes mas de uma modéstia que encantava, uns velhos, as barbas limpando as lajotas e hic hic hic de muitos risos e silêncios e murmúrios, outros rapazes novos, recitavam poesias antigas eu nada entendia daquilo, discutiam teatro da Inglaterra tio Naim sentado na almofada e eles em torno ouviam calados a pregação de tio Naim eu não sabia antes que a palavra dele valia aquele silêncio todo, faziam perguntas e tio Naim respondia, abriam compêndios, liam partes, páginas inteiras e ilustravam os pensamentos, raras vezes levantavam a voz ou riam, sempre compenetrados naqueles estudos, uma gente estranha, eu gostava de ir cortar rosas no jardim para ouvir mas se ouvia nada entendia, eles falavam outra língua, outras línguas, a língua da Université dos jesuítas, a da Universidade Americana de Beirute, a língua da Amrik para onde eu ia, umas vezes fui com tio Naim ao porto com o baú de livros e as trouxas, as minhas roupas cada vez maiores, eu crescia e meu corpo se tornava corpo de mulher meus peitos estufavam fffuuuu e ficavam como os de vovó Farida e os quadris davam a volta nos ossos, minha pele mais macia e os homens passaram a olhar meu corpo, não era mais olhar a carinha e puxar os cabelos, sentiam uma distância de mim, ia para o porto com tio Naim com a bagagem e na multidão esperava, esperava, eles nunca diziam o nosso nome nem davam o passaporte turco.

Mercadorias de Beirute

Olhava eu as mercadorias em Beirute, diabólicas, tranças de cabelo caixinhas de música chinesas cálices de cristal bizotado chicotes para cavalos guizos de carruagens passarinhos mecânicos gaitas corrupios rosas com musgo natural sapatos de Kilmarnock cadernos de anotações com chave livrinhos para morigeração do belo sexo, comprava nada para mim a não ser uns panos para costurar eu mesma uma roupa que me cobrisse os tornozelos e os ombros e os peitos estufando estufando tudo pppfffffff o corpo se derramando para o mundo de fora os sapatos ficavam pequenos nos pés chegou o meu tributo mensal eu vivia na cozinha ou fechada no quarto com as mulheres da casa, dançava para elas olhava a lua do terraço que a lua faz as plantas crescerem e os animais engordarem e me tornava mais mulher ai hilal ai qamar e o brilho intenso dos rapazes a bayd lua branca e de céu translúcido sawād noitenegra e eu dançava para a estrela Zahra a sua magia de vênus para aumentar meu poder de atrair os homens despertar paixões laf laf laf daf daf hab hab ou ia queimar talismãs no forno de pão para o navio chegar logo e me levar para Amrik, guiava tio Naim nas ruas, recebia cartas de papai, da aldeia, cartas que me faziam chorar, cruéis, se eu era suave ele brigava se eu era fria ele cuspia se eu dizia elogio ele ignorava de noite na cozinha ele falava mal de mim com Abduhader, falava mal de mamãe com os outros bêbados de noite e falava mal das mulheres todas elas.

Figos no Embornal

Não posso lamentar ter perdido os olhos, Deus me deu outras maravilhas, Ó nariz tio Naim? A língua para provar teus ataifes raposinha, para suas indagações e interpretações da natureza humana não precisava de seus olhos, os olhos servem para distrair a alma com as belezas as ilusões as aparências, ao mesmo tempo tio Naim precisava de meus olhos como seus, ele tinha os poetas que liam para ele, ele compreendia e via por meio deles mas quando o estafeta gritou o nosso nome no porto e o frio correu meu corpo e entramos no navio passei a ser os olhos de tio Naim, papai me dera ao irmão para lhe ser uma serva ou escrava mas tio Naim nunca se quis tornar o centro de minha vida e me deixou livre youyouyouyouyouyou e me educou não para ele mas para o mundo, ensinou a ler escrever e muitas palavras de francês e a língua da Amrik e grego e aramaico, mulher saber língua estrangeira é abrir uma janela na muralha e ensinou música filosofia matemática astronomia mas em vão, eu tinha sido forjada na dança e na cozinha minha alma feita nas mãos padeiras de vovó sovada alma massa de pão, meu corpo dançava mesmo quando eu andava ou metia os pés no regato uuuuuiii ou pulava de uma a outra pedra ou quando ia colher figos brancos com embornal no ombro ou amassar azeitonas nas pedras, tio Naim tão sabido ficava perdido num lugar modesto no mundo dos homens, um príncipe no exílio ou aquele rei que teve os olhos arrancados.

Pão Fresco, Hortelã

A multidão amontoada no porto, gente miserável seminua tiritava de frio, esmolava, molhados de chuva da madrugada, os que tinham um recurso eram explorados por agentes, subagentes eunucos de djellaba dromedários sem raça almas de lama seca, vendiam credenciais falsas charlatães vendiam remédios milagrosos para enjoo de barco, carregadores ofereciam de levar bagagem, roubavam bagagens, gente se arrancava tufos de cabelo no desespero mas todos queriam partir, carregavam o navio com sacos de frutas secas santos de madeira trigo ferramentas para lavoura carretas rumo à Amrik de ouro em busca do desconhecido arrastados todos pelos sonhos de riqueza ou de liberdade ou de uma vidinha sem tanta fome a ilusão do mundo ideal, aquilo era o tal do navio moderno veloz e iluminado? aquilo? boas acomodações em camarote asseado três refeições e chá de hortelã e carne de ovelha e frutas e cereais e leite? o que encontramos foi um ferro velho sujo enferrujado com carne humana amontoada arrrre irrrra terceira classe dormiam no relento água racionada salobra nojenta arghhh para qualquer coisinha era preciso dinheirinho, beliches duros imundos insetos sugavam o sangue de noite ratos mordiam comiam nossos sapatos mofo calor umidade sal vomitava vomitava arre o camarote era para quatro mas oito ocupavam os quatro lugares eu dormia na mesma enxerga com tio Naim e não podiam levantar os dois ao mesmo tempo que alguém estava sempre pronto para ocupar o nosso lugar arre.

Faná Faná

O faná! O faná! o fim do mundo era perto das máquinas eu sempre suja de carvão, carvão na cara nas mãos sempre pretas náuseas o barulho infernal das máquinas a comida pouca o chá frio as frutas mofadas apenas um pedaço de pão com molho de carne ou pasta gosmenta vomitada irreconhecível quê? Grão-de-bico? hrhrhrahghgh uma vez por dia, gente doente arre nada de médico um inferno o verdadeiro inferno mas um dia saí para explorar e encontrei o lugar perfeito, levei tio Naim e arrastei o baú de livros até aquele oásis, eram fardos de feno na coberta superior junto aos cavalos vacas e ovelhas que viajavam protegidos por um tipo de tenda, dei um pouco de dinheiro ao marujo e ele nos deixou ficar ali levava ração duas vezes ao dia bebia árak com tio Naim que aprendeu a apreciar a embriaguez e o marujo ouvia tio Naim contando as histórias do passado do Líbano ou me ouvia lendo um livro de tio Naim, concordava com as ficções e as filosofias balançando a cabeça como entendesse mas nada entendia, o marujo falou da Amrik mas sem as ilusões, conhecia a Amrik e as dificuldades, entendia os bastardos que abandonavam a terra, Onde está a liberdade está nossa pátria, era mesmo turco da Turquia mas por mais de trinta anos não punha os pés na sua aldeia onde viviam seus irmãos e ele nem sabia se o pai e a mãe estavam vivos ou mortos e não se deixava consumir o cérebro por coisas pequenas, Somos tão pequenos, os turcos tomaram Beirute Trípoli Saida Sur nossas melhores cidades.

Camelos, Amantes

Tio Naim, tão inteligente que pena ficou cego, li para ele muitos livros, li na viagem os seus livros do baú, muitos deles, eram quase duzentos, o baú pesava como um dromedário de raça pura, li livros árabes ingleses franceses mas ele queria só livros árabes Para não perderes o amor por tua terra Amina, tio Naim gostava que eu lesse as odes que celebram os feitos triunfais dos poetas suas tribos suas tendas suas palmeiras estrelas camelos amantes, as odes de sátiras aos invejosos aos zombeteiros aos detratores, até mesmo o *Corão* ele gostava que eu lesse, As suratas são umas belas poesias árabes, Mesmo tio Naim? a surata dos bizantinos a surata da alvorada a surata das fileiras das formigas a surata da luz, surata do coágulo da mesa servida das proibições dos incréus, E entre Seus sinais está o de vos haver criado companheiras da mesma espécie e para que com elas convivais e vos vinculou pelo amor laialaia a literatura árabe é preciosa ainda que digam um pouco suja e pregadora do apocalipse nada disso, por haver descrições do amor erótico os outros acham suja mas é verdadeira mesmo feita de fantasia, expressa de modo espirituoso a alma de um povo inteiro feita de sabedoria disse tio Naim, imaginação inspiração revelação poder amor tanto o amor do corpo quanto o amor da religião, não está o amor entre um homem e uma mulher ligado a seus corpos? a literatura árabe lembra sempre da existência dos outros mundos além deste que podemos ver e tocar mas não compreender, disse tio Naim.

Mil e Uma Noites

Da necessidade do que é desnecessário, sempre com um comentário sagaz ou sarcástico ou irônico sobre as imperfeições humanas mas sem deixar de estar pensando na vida e no destino, na filosofia e nos mais magnos assuntos para uma pobre de mim, mulherzinha, literatura das montanhas e dos desertos sem nunca criar fronteiras entre o real e o irreal como se o mundo fora uma miragem E não é? disse tio Naim, uma literatura que pode ser feita e usada por pessoas que não sabem ler nem escrever, mas se ouvem entendem e podem recontar que são histórias e mais histórias e assim foi uma grande parte dela, os livros antigos eram muitas vezes apenas a memória do recitador, outras vezes eram escritos em letras de ouro ou nas paredes mas fosse como fosse, nunca rompeu com a tradição e nunca romperá ainda que sejam os poetas chamados de imitadores, e a luxúria? os personagens são califas, princesas, mercadores, jins, gênios do bem e do mal, homens que se tornaram animais e animais que se tornaram homens, mulheres astuciosas, tudo nos palácios nos jardins nos mercados nos becos nos bazares nas alcovas hmhmhmh aos beijos uiuiui goles de vinho ai paixões comentários ou virulentos ou líricos entre gritos lancinantes de desejo carícias confissões de amor odes à beleza do corpo amor pela mulher pela terra amor pelo corpo como o disco da lua, se a literatura árabe é a alma árabe, todavia, disse tio Naim, não é o mundo árabe o que as pessoas pensam, pensam que o mundo árabe são as *Mil noites e uma noite* hahaha.

PARTE 2

Amrik

Tudo é Amrik

Os libaneses saíam do Líbano pensavam que estavam indo para a América do Norte mas muitos eram enganados pelas companhias, una cucagna diziam os italianos, e desembarcavam na América do Sul, quando iam reclamar que estavam na América errada o estafeta dizia Tudo é América! irra arre dos que tentavam desembarcar na América poucos conseguiam, muitos não entravam porque tinham tracoma, sentiam areia nos olhos e não podiam abrir os olhos, choravam mas era pelo vento no convés, o problema era que estava cheia de árabes a América, os cristãos muitas vezes nem podiam andar na calçada no Líbano e fugiam para América Na terra há lugar para todos, a mim deixaram entrar para dançar na Feira de Negócios, uma atração Oriental charmer! Turquish dancer! desci do navio saí da ilhazinha para a ilha maior, tio Naim foi mandado embora, um cachorro morto, tudo era tão grande que esqueci o Líbano, Beirute, minha aldeia, tio Naim, meu coração ficou vazio e os olhos cheios, dancei na feira haialaia jogavam dólares aos meus pés, o corpo viaja o sonho vai atrás haialaia a liberdade aumenta nossa alma, o passado fica para trás mas vem junto, as lembranças espreitando, eu nunca mais ia tornar a ser aquilo que era antes, sair do meu país e afastar minha alma, passei a sentir faltas mas gostava de ficar sozinha na América e dona do meu narizinho de serpent of the Nile, uma Safiya perdida, formei uma pequena banda com sagat reque e daff e apresentávamos as danças na feira de negócios, na frente de pinturas de paisagens árabes falsificadas nas paredes e muitos espelhos.

Ya Noori Inti Helwa

Ai ya noori you are my light inti helwa sweet you are praise, girl dancing attract partner manner of spirits ai haialaia fertility dances wedding day together of people aiala ya lilli ya aini meu languid body eu esquecida de tio Naim twist body backwards forwards gestures e poses aialaia the Godess Salome lust lust uiui dancer do ouled nail arabianna brunette with a healthy appetite batia reque fumava fumava dançava dancer snake-charmer com minhas meias listradas e meus colares dourados graceful lascivious smiles hoochie koochie in red and gold haialaia dançava comigo uma núbia chamada Aziza ela fumava eu fumava uma festa na vida, eu pensava que ia ficar rica verdadeiramente rich era a terra das liberdades das oportunidades ia me vestir como a rainha de Sabá ia me cobrir de joias perfumes chapéus com plumas sapatos de veludo ia ser uma princesa usar vestidos esvoaçantes de musselina branca como as mulheres que eu via nas carruagens e nas portas dos teatros nos hotéis de luxo ia eu ter arifas no quarto e elas iam beijar a minha mão, eu escrevia para tio Naim, tudo era sujo de ferro e fogo das chaminés havia trem para lá para cá, falava da velocidade de todas as coisas, os países como rebentando ali, milho por todo lado nos pés tudo podia ir até o disco da lua de tão grande, ponte cada uma! muito trabalho a meio dólar por dia, jornada de dez horas mas trabalhavam dezesseis, haviam marcado a minha pele com uma etiqueta na alfândega e me deram um banho, mudaram meu nome no papel, acabou a feira e me soltaram na rua.

Sem Money

Acabou logo o dinheiro, sem roupas de frio dormi na rua depois nos dormitórios em seguida nos cortiços em meio aos judeus chineses irlandeses poloneses italianos gente de todos os lugares do mundo, lugares abandonados por Deus, os velhos e as crianças morriam como moscas envenenadas, todas as manhãs passava uma charrete para levar os cadáveres mas se uma pessoa trabalhasse e desse sorte ia para a frente e podia ficar verdadeiramente rica, terra das liberdades das oportunidades, aquilo era o mundo aaaahhhhh vapores levavam as pessoas pelos rios abaixo e acima, a neve não era branca como no Líbano pelo menos não na cidade, era cinza e caíram cinquenta e seis centímetros de neve, nunca tanta neve assim e essa era branca e pura mas derreteu e escureceu com a sujeira da cidade e enlameou tudo, havia muitos incêndios, as casas eram de madeira, as galinhas ciscavam na rua, os carros para lá e para cá numa velocidade estupenda e as pessoas não se matavam por religião mas se matavam por dinheiro, os americanos comiam aveia de manhã feito cavalos, eram de uma religião diferente da nossa mas eu não condenava a religião deles, rudes e falavam alto, havia desempregados, policiais estúpidos arrogantes patrões ladrões greves de empregados reuniões de operários, trabalhadores de minas viviam feito escravos, havia dedos esmagados nas máquinas das fábricas comida em lata frio solidão falta de falar a língua falta de comida da vovó Farida falta de amigos falta de um corpo falta de amor.

Cruz no Céu

Tio Naim escreveu do Brasil, falou do vento correndo nos despenhadeiros, do cheiro das florestas, pessoas de todas as partes do mundo chegavam a cada navio, encontravam uma verdadeira cidade, demarcações para ruas novas nos aterros de várzeas carroças de telhas de laranjas de sacas de café dias deliciosos de uma paz um calor e uma brisa fresca que fazia recair a gente no sono, tudo no Brasil estava entre opostos e oscilava entre dois abismos, o abismo da indústria e da velocidade o abismo do tédio e do estacionarismo, fábricas embelezavam o céu com suas chaminés de tijolos e uma linda fumaça, havia muitas praças, um jardim imenso com plantas raras ou indígenas, diversas ruas de comércio com vitrines ainda mais variadas que as de Beirute, havia plantações de chá de chineses que soltavam balões coloridos iluminados, de noite sempre aparecia uma cruz de estrelas no céu como fora um lugar marcado pelo cristianismo e onde os cristãos nunca iam ser perseguidos, havia mercados, feiras livres, uma rua larga arborizada só para os libaneses com casas mimosas, chácaras onde se pagava um tostão para comer frutinhas pretas no tronco, a chácara do Harrah, a do doutor Clímaco, a Pedroso se transformavam em avenidas largas, capinzais e vacarias davam lugar a casarões vilinos sobrados fábricas, armazéns de tudo, fumo de Torvo e de Descalvado sal açúcar café tecidos, tantas seges e bondes circulavam que mal se podia passar, cupês forrados de seda faétons berlindas caleças e um mundo de imigrantes.

Indústria

A indústria transformava o verdejante campo em montes de miseráveis escórias humanas e lixo preto, escreveu tio Naim, e me mandou de sua compoteira raha com pequenos pedaços de damasco seco, muito açucarada, água de rosas ou maa al zahr? hmhmhmh mas não há como escapar, se não houver fábricas como haverá cafés? e trabalho para toda essa gente? e como haverá coisas inúteis para todos desejarem? estamos entrando no templo das inutilidades úteis ha ha ha ria tio Naim, ele via as mudanças do mundo com muita paciência, havia na cidade de São Paulo cento e quarenta e seis lojas de fazendas e ferragens, sessenta armazéns de gêneros de fora, cento e oitenta e cinco tavernas, todos pagavam direitos à municipalidade, fábricas de licores, de cerveja, de velas de cera, de chapéus, casas de bilhar, alfaiates latoeiros torneiros seleiros casas de relojoeiros de ourives de retratistas tipografias, as casas de comissões de importação, o que era ser contra isso? isso era o mundo dos homens, que se olhasse e se visse, sofria mais aquele que quisesse mudar o mundo, fazer o quê? jogar pedras nas padarias? pedras nas fábricas nos hotéis nas hospedarias nos trens de imigrantes pedras nas manufaturas de charutos nos charutos nas chaminés nas máquinas, pedras nos chapéus, nas cartolas, pedras nas salsichas? trêfega criaturinha, Cada coisa tem seus inimigos mas cada uma tem sua verdade e a verdade, ainda que seja dita por nosso inimigo, devemos nos curvar à verdade, escreveu tio Naim do Brasil, Vem Amina minha flor de luz, meu serpilhozinho, vem para São Paulo.

Castelo de Pedra

No trem elevado eu ia para casa, um casebre gelado de um imigrante húngaro fora da cidade, onde moravam muitos imigrantes em volta de um castelo alto de pedras cinzeladas nas janelas, entre casebres animais soltos porcos ovelhas cabras patos galinhas ciscando na porta de luxo debaixo de uma cara de índio de pedra, eu gostava de olhar para ele, na porta passavam ladies de vestidos esvoaçantes homens de cartola echarpes de lã branca casacos longos negros de uma lã tão boa que o preto brilhava como envernizado as polainas brancas se confundiam com a neve umas carruagens barulhentas arrebatadas com cavalos tão grandes que pareciam ter asa, era o castelo do dono da fábrica de máquina de costura, eu queria dançar no Elite, um pequeno café que servia comida grega e árabe, o dono disse que já havia dançarina, dancei no Domenico mas só uma vez, um restaurante de luxo e jogaram notas novas de dólar nos meus pés e fui comprar uma roupa mas roubaram o dinheiro ou perdi, desapareceu do meu lenço onde estava amarrado urra fiquei a zero depois do roubo passei no Elite chorando, o dono tomava chá de hortelã, um grupo turco de três músicos tocava e um effeminate dançava, um mukhannath com roupas de mulher e as mãos pintadas de hena, parei na frente do dono do café, Quer? Eu danço para ti, ele fez sim com a cabeça e dancei ali na calçada da rua tac tac halaialaia os homens bebendo e olhando, hay hay hayayayaya o que me deu? fazer assim, acho que foi a solidão.

Fonte Bethesda

A solidão me jogou para o mundo dentro de mim escuro a luz dos meus medos aiaiaia angústias dúvidas talvez não fosse um mundo irreal mas era só meu, sem a realidade alheia, a solidão me deixava sentir demais as coisas, o frio podia matar naquele ano, a nevasca cobriu a porta da casa, se um desconhecido na rua cruzava comigo e dava um olhar eu quase pulava no seu pescoço, as noites nunca terminavam a noite encostava na noite os sonhos eram profecias, à luz da vela escrevi cartas para tio Naim, para vovó Farida para os meus irmãos, para desconhecidos, uma carta para um homem de cabelo vermelho que eu vira atravessar a rua, uma carta ao Mark Twain uma carta a um remador que me dissera Good morning na fonte Bethesda no terraço de onde saíam remadores em barcos compridos, voltei à fonte uma dezena de dias e nunca mais vi o remador mas deixei para ele uma carta de amor num envelope escrito Ao remador da fonte Bethesda que me disse Good morning, em árabe porque eu não sabia escrever isso em inglês e se soubesse ia haver algum erro e não gosto de errar depois voltei e a carta estava no mesmo lugar, troquei por uma carta zangada e essa foi levada mas nem sei quem levou, o vento um curioso o varredor do parque outro remador ou o meu remador da fonte de Bethesda, a carta marcava encontro e no dia marcado esperei esperei brbrbrbrbrbr gelada mas ninguém apareceu, veio um policial de ronda, quem sabe porque fazia muito frio o remador não veio, caía neve suave o policial me fez umas perguntas, quase me apaixonei por ele.

Casas Desejadas

Ninguém falava comigo, muros de gelo entre as pessoas, se havia gente tentando falar comigo eu não via ninguém, viver no mundo dentro de mim me fez invisível eu era uma estátua de gelo, tinham medo de mim? de minha pobreza? do meu olhar necessitado? invisível até para mim mesma uma cachorra vadia de rua, sentei de noite fiquei sentada parada até a vela acabar brbrbrbrbr frio olhei a chama as mãos sujas medo da água fria lembrei e fiz fantasias, assim meu mundo era melhor que o de fora de mim, alegre, de flores passeios, sonhava com o Brasil de tio Naim, nas cartas um verde, azul limpo quentinho hmhmhm comida árabe hmhmhmh dançava de noite, de dia andava nas ruas, minha casa era muito fria, olhava as casas das ruas, escolhia a minha, qual? dentre as casas de pedra marrom, as de tijolinhos, casas boas aquecidas e com luz elétrica que acendia plin janelas de vidro altas, as mais desejadas casas eram as de jardim, queria uma casa daquelas como queria um homem para me amar, o dono do café era velho, os músicos eram tolos, os fregueses do café eram proibidos, os imigrantes passavam com pressa, os rapazes americanos com suas letras de câmbio no bolso precisavam enriquecer depressdepressdeprs as mulheres americanas andavam livres nas ruas eu andava livre nas ruas o sábio estende seu manto no chão mas é o idiota quem o pisa o cão late porque late e o dono pensa que é para ele hahaha não sei como tive coragem mas dancei na rua, quem sabe pela história de Aziza.

História de Aziza

Enciumada de sua rival, a mais famosa dançarina do Cairo, Safiya, Kutchuk Hanem ou Pequena Princesa, a dançarina Aziza viu o estrangeiro sentado no bazar um dia comendo figos e tâmaras, Aziza parou na frente dele, beijou sua mão e disse, Sou uma dançarina, meu corpo é mais flexível que uma cobra, se desejardes virei com meus músicos e dançarei descalça no convés do vosso barco, o servo do estrangeiro respondeu, Mas o cawadija acabou de ver Kutchuk Hanem dançar em Esna e Aziza disse, Kutchuk Hanem não sabe dançar hahaha, o estrangeiro aceitou e Aziza foi dançar para ele no deque e no fim ela gritou, Cawadiiiijaaaaa o que pensa agora de Kutchuk Hanem? hahaha ainda hoje se fala dessa história e foi passada no tempo de vovó Farida, ela me contou, e o dono do café tinha sempre um sorriso leve nos lábios, eu tomava com ele chá, falávamos das nossas aldeias, de nossas famílias, do dia em que chegamos na América, de nossos sonhos, ele era gentil mas tinha medo de mim, tinha, um brilho no olhar turvado por um escuro, ele usava chapéu e ele me dava atenção, as mulheres são assim como as crianças, se alguém lhes dá atenção elas vrrt se apaixonam e quando terminei o chá estava apaixonada por ele mas ele sempre suspeitou de mim, não dizia nada mas o modo como nos conhecemos foi para ele um desgosto, ele pensava assim, Se ela dançou para um estranho na rua pode dançar para qualquer outro estranho na rua, que a mentira já é um indício da verdade.

Filha de Faraó

Vem para o Brasil minha Luz da Luz, minha Flor da Religião, o hissopo brota da parede aqui tudo é leve como se a vida fosse uma música ou poesia, por dizer, as pessoas dizem por dizer, assim, Falou esqueceu Taqbirny ó taqbirny Adeus Deus te proteja Amigo Taqbirny Sadíq ulahá a mentira almoça mas não janta, Vem minha filha de faraó, minha malvinha-rosa, aqui sinto que estou num ninho, na minha casa aquecida, a lenha aqui é fácil e o carvão barato, nem faz muito frio, nem cai um milímetro de neve, tem de tudo aqui minha límpida safira, vitrines vestidos sedas luvarias chapelarias, mas sem ti aqui sinto sempre as nuvens escuras e o céu sem estrelas os muros sujos e as ruas que acabam em outras ruas e tudo é sem encanto, tenho apenas para comigo conversar um melro, um simples pássaro, vem minha estrela matutina, no Brasil com um só olhar em um só instante tu ias poder ver o mar montanhas céu azul e sol cidade e campo, passado e presente, como no Líbano, na América para ver tudo isso tinha de fechar os olhos, olharia as montanhas com olhos longos apaixonados, as encostas que me apertavam o peito e a aldeia, aprendi a amar Beirute quando perdi Beirute, esqueci Beirute e aprendi a amar a América, quantas vezes disse adeus, fechei os olhos senti a nái em meu peito correndo o som da nái o hand drum embalava sagat reque daff patc patc as mãos nas tranças, o corpo se entrega à alma e a alma prende o corpo, um sentimento de estar invertida, a alma por fora e o corpo por dentro.

Perfume Diferente

Todas as coisas que vinham do Brasil tinham um perfume diferente, rudes na manufatura, de material sem a delicadeza das coisas feitas em Paris ou em Bruxelas, para mim o Brasil era um tipo de Líbano verde sem azul sem mar azul umas gargantas verdes sem as neves da montanha, montanhas sem cabras sem cedros de Dahr Al--Kadib ou a perfumada lubna ó cedro do Líbano rogai por nós sem fruta seca, eu não estava ficando rica nem remediada, estava sempre pobre, o dinheiro ia embora nas tentações das vitrines e sentia cada dia mais a falta de tio Naim, eu pensava que o Brasil era um lugar de abismos e depósito de imigrantes cachorros mortos que não conseguiam entrar na outra América, Brasil era um lugar de fracos, mercadores persas chineses tomadores de ópio negros africanos com cigarro saindo fumaça na orelha, insetos e charcos e enchentes e uma cruz no céu para mim queria dizer morte, crucificação de Jesus e o nosso sofrimento ia ser ali debaixo da cruz como Jesus sofreu na cruz, no Brasil havia padre demais e religião cada uma tão tola que nem brigavam por elas, pobreza, gente deitada nas ruas, jumentos zurrando na sombra das árvores, um lugar onde se atolavam as carroças e os imigrantes iam para ser escravos enquanto os brasileiros balançavam na rede, para o brasileiro o melhor era se afogar que bater os braços e que era o fim do mundo mas eu não suportava mais a solidão, meti umas coisas em um baú e tomei um navio de carga para o Brasil.

PARTE 3
São Paulo

Arbatache

Café para lá café para cá por todo lado só se avistava café, uns pés verdes com frutinhas vermelhinhas, os negros colhendo ainda feito escravos que nada para eles mudou, só para pior, Mas quem não é escravo? se não é do dinheiro é do amor hahaha, Podem odiar, contanto que tenham medo, E tanto lugar sem plantar como pode? Levou a breca o imperador, República é boa, Mas nada ainda vi de bom na República, Hah os pobres continuam pobres e o café uma barganha, Não há mais escravos e o café apodrece no chão tudo jogado fora, Brasileiro joga tudo fora, Acabou o Brasil, Plantar sem escravo eles não sabem, e o sírio Vou voltar para minha Homs vou pedir ao doutor Camasmie dinheirinho, Vou abrir armazém Arbatache, as minhas catorze mulheres, Hahaha sabes a primeira coisa que o turco faz quando casa? Tira o anel da noiva hahaha, Existe alguma coisa mais valiosa que a terra? Sim, a paz, não vês os turcos? Povos não podem viver na própria terra, O rico sempre insulta o pobre, Se os libaneses aqui no Brasil se misturam a paz termina, Aceitam os libaneses aqui, Eles nos tratam como intrusos, Não, eles nos recebem, precisam de nós, Precisam para quê? eles cospem no chão, Italiano gosta de desfeitear, Na casa deles vão nos fazer entrar pela porta da cozinha, O preço do algodão, A fábrica Dell'Acqua faz o pano muito caro, Os alemães muito piores, assim dois libaneses e um sírio gastaram seu tempo na viagem de trem, tolas conversas masculinas, tio Naim me esperava na estação.

Águas da Cidade

Desviaram o rio para fazer a rua 25 de Março, disse tio Naim, a rua seguia reta ao lado do rio, além do rio ficava a vargem como diziam, tufos de relva, brejos e pastagens, o caminho do aterro do Gasômetro margeado de plátanos, sentamos no banco de pedra formado pelos muros da ponte e fiquei olhando no rio os cocheiros lavarem cavalos, as carruagens enfiadas na água, as lavadeiras de roupas com suas trouxas imensas e pernas nuas, elas atraíam comerciantes da rua da Imperatriz e cursistas e vadios, disse tio Naim, havia muitos rios na cidade, rios caudalosos e modestos rios que serviam para regar as hortas nos quintais, riachos de bairros, ribeiros, o Tietê que era largo e se passeava nas suas águas em um vapor, a vida dos imigrantes libaneses em São Paulo ficava em torno do Tamanduateí, Água limpa? olhei a água suja dele passar, água inadequada para beber mas antigamente a água era estagnada na várzea, com o aterro melhorou, disse tio Naim, mas ainda fazia muita umidade, uma manta de insetos cobria a 25 de Março vinda do pântano, formigas cupins arre urre a várzea foi cortada de valas que dessecam o rio, o rio fazia a volta atrás do hospício como se tivesse medo dele, os loucos ficavam na janela a olhar o rio, o rio era causa de loucuras e também de nevoeiros que cobriam a cidade até os telhados, também a causa dos defluxos que atacavam os velhos e das tosses convulsivas que atacavam as crianças, Aqui vivemos, mostrou tio Naim, a parte nova da cidade.

Parte Ruim da Cidade

A várzea era antigamente seca e salutar, a ignorância das pessoas a destruiu, a destruição é sempre filha da ignorância e por nada, por capricho, aventura, a alagação das margens do rio e vargedos correu com o consentimento das pessoas que desviassem o leito de seu caminho natural mas o rio tinha ainda lugares selvagens onde eu iria com tio Naim fazer passeios ou almoços na relva, ele prometeu, fomos para sua casa, comi comi comi, tomei banho, deitei, de noite escutei o correr suave da água nas pedras como banhasse o meu corpo, ouvi os cavalos bebendo e pateando a água, a sinfonia de sapos coaxando nos depósitos insalubres uma música triste haiiiiihaiiiiiii uiaaaaaaaa os tiros dos caçadores pat pat matando perdizes raposas ou lá o que fosse, era a parte ruim da cidade, ruim por causa da várzea, por causa do hospício dos alienados, dos nadadores nus, das brigas com os urbanos, dos tiros dos permanentes, do excremento dos cavalos, do sabão das lavadeiras, das caveiras dos bois, das moscas pestilentas, dos restos do Mercado, dos engolidores de camundongo, mas nas margens do Tamanduateí, disse tio Naim, os poetas cantavam em noites claras as belezas das estrelas e do céu de São Paulo, Quando Ferreira de Meneses e Varela e Castro Alves junto ao Tamanduateí cantavam, a margem esquerda era deserta, só viviam ali urubus e outros animais nojentos, havia casas na ladeira Tabatinguera, também deserta a ponte entre o recolhimento e a rua dos Carmelitas, agora havia casas mas ainda era a parte ruim da cidade.

Língua dos Lusis

No começo, disse tio Naim, vinham os italianos e os alemães à porta ver despejar de mais árabes, riam dos nossos modos, contavam histórias engraçadas sobre nós e não tinham medo, Non si muove foglia che il Ciel non voglia, mas os mascates foram prosperando e de miseráveis ambulantes descalços que vendiam cigarros em bandejas dependuradas no pescoço ou quibe frio em tabuleirinhos passaram a mascates de santos de madeira e escapulários depois a mascates de tecidos botões linhas arre, assim os mascates se tornaram perigosos sujos traiçoeiros ambiciosos usurários, Pettola a culo cacaca dizem que levamos faca escondida na bota mas nem usamos bota, que somos turcos mas não somos turcos, que somos ladrões feito os ciganos, fazemos orgia noturna raptamos crianças, sujamos as ruas deles, dependuramos roupa na janela nas varas de bambu mas isso fazem as chinesas, que estragamos as casas deles sujamos o rio de bosta arre fazemos mesmo umas coisas erradas mas não somos o que eles pensam, libaneses são limpos, cultos, temos a Université dos jesuítas e a Universidade Americana, sabemos falar inglês grego francês, sabemos ler escrever, inventamos álgebra astronomia matemática, os algarismos arábicos o alfabeto, disse tio Naim, trouxemos para ocidentais a laranjeira o limoeiro o arroz, ensinamos ocidentais a melhor cultivar a alfarrobeira e a oliveira, a criar cavalos, a plantar uvas, figos e imensas maçãs, a regar, pintar as unhas, fazer hortas de verduras e talhões de legumes, mais de seiscentas palavras à língua dos lusis.

Ilhas de Elisã

Ceia safra cântaro fulano azinhaga azagaia, ou, alfinete almofada alcachofra algodão almirante alqueire álgebra alcova alfaiate álcool algazarra alfândega almoxarife algema alaúde aldeia alarido algoz alicate almanaque albergue alazão algarismo alvenaria alface alcatifa alfafa alpargata alambique alcunha alpiste almude alfazema alquimia alvará alarde alamar alcaparra albarda alguidar albornoz alcatrão alvaiade alcatraz alecrim alfarrábio alcoice alferes algaravia alfaia algibeira alicerce aljôfar alcaide alfenim aljava almeirão alforje almíscar alfarroba almotacé alfavaca alvíssaras almofariz, só para dizer as mais conhecidas começadas com al, disse tio Naim, os libaneses têm retidão e sinceridade para com Deus, talvez, por fora sejamos as coisas erradas mas Deus olha para o interior das pessoas, para a intenção, as virtudes secretas, temos alma de soldado suportamos pacientes as tribulações, nossas mulheres são fecundas e amorosas obras-primas na culinária, bocas purpurinas das ilhas de Elisã, além disso, disse tio Naim, os árabes são como avós dos brasileiros, os lusis misturados com mouros e os brasileiros filhos dos lusis e netos de mouros, os mouros viviam no território cristão que depois veio a ser Portugal, não adiantava exterminar os mouros eles voltavam como as florestas voltam depois de queimadas, viviam primeiro escravos dos lusis depois foram viver nas aljamas separados dos cristãos mas havia muito ajuntamento carnal dos mouros com cristãs e no tempo eles se fundiram no sangue lusi uiuiui, Merduso pettola a culo.

Nè Paglia Nè Fieno

Raro ver agora na 25 de Março os italianos a caçar passarinhos ou jogar bocha gritando números da morra, blasfemando Pute putane santa Maria, na rua passavam todos os dias carroças com malas móveis barris grapa de borra de vinho tinto branco sacolejando as famílias grandes de italianos ou lusis ou tiroleses que iam mudar de bairro, eles cuspiam quando passava um mascate irra, se passava mulher na rua gritavam Puta putana santa Maria e se a carroça quebrava tiravam bestêmia para os ouvidos das mulas, Porchiii, estavam mudando para Santa Ifigênia ou para Bom Retiro ou para Liberdade mas ainda muitos lusis moravam em torno do Mercado Municipal, donos das casas quitandas ou padarias do térreo, moravam no andar de cima e alugavam os cantos úmidos escuros sujos das casas aos libaneses que viviam como rato e morcego, os lusis também cuspiam no chão quando passava um mascate árabe, em Santa Ifigênia ficaram espanhóis alemães austríacos húngaros, na Sé moravam italianos portugueses sírios, na Liberdade os italianos portugueses japoneses, o Bom Retiro coalhou de italiano russo húngaro lituano, o motivo de tanto imigrante no Brasil, disse tio Naim, não havia mais escravo e nos traziam para o trabalho dos escravos negros e mesmo com a febre amarela vieram nos dois últimos anos tantos imigrantes e de tantos lugares deste mundo que se perdia a conta, disse tio Naim, no jornal escreveram, Existiam ontem na Hospedaria dos Imigrantes duzentos e seis alemães, espanhóis, portugueses.

Cedro em Dahr Al-Kadib

Libaneses e sírios aqui eram em maior quantidade que alemães e japoneses, eram mais que lituanos, só perdiam para lusis e italianos, na terra desses povos tudo estava mais triste que na nossa terra tomada por turcos, na nossa terra os muçulmanos não deixavam passar nenhum cristão, os de tradição dominavam a montanha e toda a região do Bika'a, o povo do Líbano queria tomar de volta as terras roubadas, irmão matava irmão, culpa dos turcos de virem libaneses para Brasil, para os imigrantes que chegavam em miserável estado ia haver muito banquete com discurso falando do Líbano de cair lágrima, chegavam as pessoas todas de uma mesma aldeia, gente do cultivo que vinha para agricultura mas acabava mascate, ganhava mais dinheirinho, trabalhava para ninguém, problema dos libaneses que pensavam na aldeia, disse tio Naim, não pensavam no país, se falavam pátria diziam aldeia, sua terra sua aldeia queria dizer sua aldeia sua alma, levavam a aldeia aonde iam, e a gente de uma aldeia vivia numa mesma casa separada da gente de outra aldeia como estranhos, sem clube cemitério igreja mâdrassa hospital biblioteca a alugar livros no gabinete da madame Guilhem ou pedir na estante da Sociedade Portuguesa, mas libaneses aqui esqueciam os livros, cada um suspeitava de o destino não ser o que pensava, cada um ia ficando cada dia um pouco mais envolvido pela cidade como a nebrina fazia com os telhados, prendiam os pés no chão feito um cedro em Dahr Al-Kadib ou a perfumada lubna, ó cedro do Líbano rogai por nós, nos anseios fundos que nem se pode ver nem entender.

PARTE 4
Mezze

Casa de Tio Naim

A casa de tio Naim, tão pequena, moravam com ele sua arifa e seu doméstico menino, seu guia na rua, um menino com cara de cão e olhos gigantes meio débil mental, a arifa Tenura ocupava a casa com um tilintar de pulseiras, cantava na cozinha palavras de amor, haialaiala a mulherzinha de pernas estropiadas oferece seu orgulho às dezoito lanças dos guerreiros das chifradas haiala a princesa da Espanha toca os pífaros de seus amantes mamíferos que se beijam na caverna da aranha, haialala o centenário de membro murcho se delicia com as carícias das meninas do concurso, o livro dos prazeres loucos, delícias, chegava gente na casa de tio Naim, a arifa e o doméstico se fechavam na cozinha, ela preparava o mezze, separava azeitonas pepinos em conserva tabule hommus em tigelas pequenas os visitantes em silêncio ou falando baixo, mas quando a arifa servia as iguarias hmmm a cesta de pão sírio as guarnições na mesa, as falas se animavam, pedaços de pão chafurdavam nas tigelinhas de barro e saíam acrescentados de pasta, conserva, coalhada, as bocas falavam e mastigavam, bocas de camelos ruminando, nas taças pequenas de árak sorviam as alegrias shruk frases espirituosas na conversa, parábolas, provérbios, Mais difícil ressuscitar um morto que um tolo curar de sua tolice, Não diga smallah antes que o camelo levante, que meu avô dizia, o pai de meu avô o avô dele, coisas tão antigas que nem se sabe mais o significado delas ressoavam na sala de tio Naim, sorrisos e gestos com as mãos.

Proporção do Infortúnio

Casa de tio Naim, sempre cheia de gente, rapazes pediam conselhos mas nenhum livro emprestado, senhores precisavam de seus discursos de saudação, despedida, defesas ou ataques nas disputas, tio Naim ditava os discursos ao calígrafo Habib Izar, o rapaz magrinho parecia uma cegonha-ávegra, palavras lindas assim, O caminho da verdade é desconhecido, ou, O quanto vale um lar doméstico povoado das afeições mais caras ao coração humano, ou, Pranteando a sua partida, apertando sua mão calosa e honrada, ou, A hora da despedida tonturas de uma saudade sem termo, ou, Sentimentos que tumultuam nosso coração, Nossa terra se perdeu na neblina do tempo, ou, Adeus Líbano, Entregamos nosso corpo e nossa alma ao destino, ou, A lua despertando nossas afeições, um luar magnífico e deslumbrador arre, que espanca as trevas e aumenta a proporção do infortúnio, na casa de tio Naim eu encontrava alguma misteriosa mulher, uma viúva derramando lágrimas, uma jovem mãe com seu filho, uma bela mulher com o rosto rasgado por uma cicatriz, eu aparecia e eles paravam a conversa, esperavam minha saída para retomar, daí falavam nos sussurros murmúrios shshshshs e quando a mulher ia embora tio Naim ficava pensativo, não respondia pergunta nenhuma, Tenura a arifa dizia, Puta do harém de senhor Naim, hahahaia não sei por que tio Naim nunca casou, uma boa mulher gostaria de viver com ele se o amasse e gostasse de livros, ela só teria medo dele de noite, ver tio Naim dormindo dava medo.

Lugar de Sonhos

As cadeiras ficavam encostadas nas paredes, no meio da sala o pequeno forno de três bicos, a mesa baixa e almofadas, bilha com água, uma cristaleira onde se guardavam taças de cobre finamente trabalhadas, o círio picotado de grãos de cânfora, a casa cheirava bem, batia sol da manhã nas vidraças espalhando luz sobre todas as coisas e cedo a arifa abria as janelas para raios de sol e o vento, mesmo nos dias frios a casa tinha um pouco de calor e luz, um sobrado, a casa se parecia muito com tio Naim, calma, a presença erudita dos livros, as casas sempre parecem com as pessoas que moram nela, tio Naim ocupava andar de cima, embaixo ficava a casa do sapateiro Yazbek e se ouvia o martelo batendo até tarde ta ta ta ta tio Naim ouvia as batidas do martelo e pedia para fazer pausa na leitura, O sapateiro e o melro fazem uma boa orquestra, Amina, disse tio Naim, riu e tomou de sua taça de árak comprado no Mercado, ficou com o bigode molhado de umas gotinhas brilhantes, água gelada, tio Naim não gostava de passear, vivia trancado em sua casa e saía um dia na semana, eu não sabia aonde ele ia, em São Paulo os homens iam ao salão de bilhar ao teatro aos cafés, faziam passeios em cavalos alugados ou levavam suas crianças a comer frutas no Jardim da Luz, iam à Brasserie, às Stadt Bern tomar chope e jogar boliche debaixo das flores, comer castanhas no teatro ou no cinerama, os cursistas iam de trem para Santos comer peixes frescos, pedi a tio Naim para me levar ao Jardim da Luz mas ele achava que nosso divertimento devia ser o trabalho.

Leis da Imaginação

Tio Naim estudou na universidade, escrevia para o *Al-Ahram* e agora pediam para escrever sobre imigrantes, dinheiro, política, república, ele gostava de república porque trazia prosperidade, os escritos de tio Naim eram discutidos por libaneses nos mezzes aos domingos, senhores de muitos espíritos contrários e dados a leis da imaginação, mais levados por seus sonhos que pela realidade, cada qual vendo mais a distância que a proximidade, misturando árabe com português, falavam das coisas passadas na semana, fumavam do cachimbo coletivo e tomavam café árabe aromatizado com cinamomo, o sapateiro Yazbek que morava na parte de baixo, o padre Nahul que gostava de fazer rir, Responde Naim, sabes a diferença entre um sírio e um turco? E o padre ria, ficava um pimentão vermelho, haiaaiaiaia hic hic hic as mãos na barriga, o sapateiro Yazbek ria e quando falava metia os polegares na cava do colete, o mascate Abraão que ficava pálido se me via e silenciava, o médico da rua das Flores senhor Tymur Cutait que me tratou de dor de barriga, um ou outro desconhecido, todos sérios e ensimesmados se tio Naim falava de os filhos estudarem para bacharéis e formarem uma casta mais altiva, libaneses tinham de passar de mascates a comerciantes, fazer indústrias para progredir sem precisar dos patralontanas nem dos lusis eles cuspiam ao ver um mascate, os libaneses precisavam dar educação aos filhos, fazer jornais para defender a causa libanesa, a fala sair das quatro paredes, na língua árabe.

Líbano Fenício

Mas o sapateiro disse, Hah nossos filhos vão estar longe daqui, Naim, vão estudar na Universidade Americana de Beirute, o sapateiro falou que os libaneses deviam de juntar dinheiro para se ajudar no crédito, das pequenas vitórias no comércio e grandes fracassos no cultivo mas tio Naim disse que devemos sempre viver no lugar como para sempre, tudo igualmente se fazia provisório na vida e a própria vida mas tudo era para sempre, Mas nossos filhos vão estudar na Université de Saint Joseph de jesuítas, Sabes a diferença entre turco e judeu? hic hic hic, O Líbano é o mais ocidental dos países árabes, O Líbano não é árabe, é fenício, o padre falou do desvio dos jovens e da virgindade das moças sempre a virgindade a virgindade, dos rapazes da cidade disseram que iam aos cafés na hora da missa, são Maron devia vir aqui curar não apenas as doenças do corpo feito Jesus mas curar da avareza da estupidez do ódio, ensinar a uns a lei a outros a compaixão, o amor e quando o padre Nahul disse a palavra *amor* Abraão olhou para mim depressinha e ficou vermelho como forno de pão, Eu disse que é boi mas ele quer ordenhar! Nó se faz com a mão se desfaz com dente! O estúpido põe lobo a guardar ovelhas! O tolo não mede antes de cortar tecido! Quem come alho cheira a alho! Muro baixo o povo pula! Quem não conhece amargo não aprecia doce! o padre quando dizia um provérbio mexia o nariz como um rato farejando o queijo na armadilha.

Ruas Sujas

Ó século glorificas o de queicho lizo e o ridículo e aquele da esposa libertina que o buraco do ânus dela é um tinteiro, ou, Os dentes da montanha se arrepiam mascando bétele e o oceano se arreganha nas barbas do céu, ou Ardentias e relicário, ou Morrer mil vezes que morrer escravos a não ser escravos do amor! os imigrantes diziam que os cursistas escreviam nas paredes das casas e urinavam nas ruas, sujavam, quebravam, os cursistas diziam que éramos nós, mas libanês não urina na rua nem escreve na parede, deviam ser os italianos ou os lituanos, eles eram muito mal-educados, se não deixavam os imigrantes entrar nas igrejas e clubes de tênis, os maronitas deviam fazer suas igrejas clubes mâdrassas, os libaneses trouxeram em seus corações as guerras e os ódios antigos, aqui brigavam com seus primos e irmãos Mas vamos ficar pouco tempo não adianta brigar, tio Naim sorriu, um dia vão perceber que a vida passou, ficaram aqui fazendo fortuna e não voltaram nem ficaram ricos, só alguns, Entendam logo isso e façam os cemitérios clubes igrejas mâdrassas que nos dos outros não nos aceitam, somos cristãos e não somos árabes, somos fenícios, os sírios é que eram muçulmanos e eles não estudavam nem tinham escolas, os sírios diziam que éramos um povo das montanhas e montanhas eram esconderijo de ladrões querendo dizer que éramos ladrões mas quem vendeu um metro quadrado de pano com um metro de cada lado pelo preço de quatro metros foi um mascate sírio, e não um mascate libanês.

Ingraxate

Ingraxate ingraxate la mode de Parisi que seje de invernize que seje de cordovone, na rua mulheres honestas passeavam soltas sem a companhia dos pais nem dos maridos nem irmãos nem homem nenhum sozinhas com outras mulheres riam olhavam vitrine faziam compra nas lojas no rigor da moda de Paris perfumadas adornadas de ouro e prata caminhavam entre os quiosques com bandeirolas e vins du Rhin e burras de ferro elas paravam na frente dos anúncios coloridos de papel colados nas paredes para mostrar que sabiam ler, sentavam nas confeitarias da Quinze no horário familiar até as cinco, atravessavam na frente de carruagens seus guarda-sóis translúcidos franjados de rendas flores, desprezavam os trastes tradicionais as gaiolas os baús e lampiões de querosene, a vida que eu queria, visitar as madames nas suas lojas, Corbisier Escoffon Fuchs Pruvot Pascau Prunier a cabeleireira vendia tranças de freiras e virgens mortas, mulheres soltas sem as mantilhas pretas polainas apareciam debaixo da renda das anáguas que ousadia tio Naim devia de achar que aqui era um mundo de mulheres recatadas que estudavam e brilhavam como luas, ele fazia perguntas sobre o que eu via, Descreve Amina o rosto da mulher e quem é ela, de que é feita, assim eu olhava os detalhes a cintilação de um dente o nariz de pó um olhar vago martirizado a luva preta lábios contraídos da mulher, uma mulher que esperava um convite para beber? um rosto distraído e descomposto, ela caminhava com orgulho do corpo, elas comiam doces depois da refeição, e não frutas.

Sidon e Tyro

O que devia de ser olhar o mundo pelos olhos de outro, se pelos próprios olhos era tão enigmático? os grandes daqui não eram como os do Líbano, aqui eram grandes não os poetas e ilustrados mas os que ganhavam mais dinheiro nas vendas e juntavam mais e prosperavam e aqui só prosperavam ignorantes que nem ler nem escrever sabiam, uns fellahs rudes, gente do campo mas muito versada nas artes do comércio, por quê? se nem judeus eram, diziam que por causa do passado de Sidon e de Tyro, tinham de fazer mercado nos portos aprenderam e ficou no sangue, capazes de vender os próprios dentes e a alma da mãe do vizinho então aqui, só ficava rico o ignorante, os letrados nem ganhavam o seu pão para o sustento, eu via tio Naim tão necessitado de dinheiro, suas defesas ataques relatos tio Naim nunca fazia pelo dinheiro e assim ficava de roupa remendada muito velha, ele gastava tudo com árak e abobrinha kafta lahme naiee hmhmhmh xecrie hmmm conserva de nabo kichk sopa de batatinha com carne aiaiai quibe de moranga urá ai ui comidas para uma fila de gente, os amigos no mezze que nunca deixava de fazer, uns levavam um pratinho, ou o árak, o sapateiro Yazbek sempre levava uns docinhos ou xaropinho ou mantecal, eu sempre comprava rosca de gergelim, tio Naim mandava o doméstico deixar no pé da minha cama uma cestinha de comidinha gostosinha para mim hmmmm eu gastava tudo com roupa.

Berinjela com Nozes

Tio Naim tinha um segredo, ele dizia que não tinha segredo nenhum mas seu segredo devia de ser uma mulher, nenhum homem viveria sem uma mulher, deslizar pelas coxas dela, fazer hmm hmm aialaia uns homens daqui mandavam buscar mulheres nas suas aldeias no Líbano, mulheres da sua mesma religião maronita e de virgindade virgindade sempre virgindade, alguns mascates logo que ganhavam um dinheiro voltavam a suas aldeias para escolher uma mulher, traziam a mulher para o Brasil ou deixavam a mulher lá e voltavam sozinhos, outros casavam com uma brasileira e voltavam com ela para sua aldeia no Líbano, um mascate casou com uma brasileira e levou a brasileira para Beirute, lá estava outra mulher e a brasileira não aceitou a bigamia, o marido deixou a brasileira na rua, ela ficou perdida nas ruas e ia virar mendiga ou prostituta de turcos, na sala de tio Naim eles discutiram o destino da perdida, o sapateiro Yazbek cheirava a couro cola verniz, o médico cheirava a éter álcool, o padre Nahul cheirava a incenso, Abraão cheirava a circeias brancas, tio Naim cheirava a heliotrópio árak lavanda, decidiram trazer de volta a brasileira ai que sacrifício pagar passagem assim para brasileiro tanto libanês precisava trazer a mãe ou o pai ou o irmão, não ia custar tão caro, Mais caro é ter boa reputação e discutiram sobre controlar para não acontecer mais casamentos de libanês com brasileira e se podia haver de brasileiro com libanesa, eu ouvia da cozinha a conversa enquanto a arifa Tenura fazia berinjela com nozes no óleo hmmm.

Babarranuche

Tenura alimpou as berinjelas tirou os cabinhos ferveu as berinjelas na água de sal fez um recheio de nozes amassadas com azeite arrumou as berinjelas recheadas em pé dentro de um vidro muito limpo cobriu as berinjelas com óleo de oliva fechou a tampa e guardou o vidro para curtir, fez tudo num instante, preparou pratos de pão com babarranuche e mandou numa bandeja o doméstico servir, a bandeja voltou vazia do mezze animado, ela mandou quibe b'híli, enquanto eles falavam na sala Tenura mandou uma depois da outra bandejas com entradas, esquentei as minhas mãos no fogo, pensei na brasileira que vagava nas ruas de Beirute chorando querendo voltar para casa, uma canção dos alemães dizia assim Aaaai este pode ser o mais liiiindo país, mas nuuuuunca será nossa pááátria, faziam a gente ficar no nosso lugar, no mezze falaram dos alemães dos portugueses, havia uma coisa meio escondida, um ódio que fazia parte do negócio, O moinho gira para a direita ou para a esquerda? que importa, se dá farinha? Aqui toda a gente libanesa vira sadíq mesmo um desconhecido vira sadíq é preciso haver confiança entre um e outro, deve ser assim mas os libaneses não são assim, Aperta a mão dele mas depois conta os teus anéis, Eu contra meu irmão eu e meu irmão contra meus primos eu meu irmão e meus primos contra o mundo, Os paulistanos tão desilusivos hahaha eles se escondem na cozinha para comer formigas saúvas torradas.

Óleo de Sésamo

Tenura cheirava a óleo de sésamo como tivesse ficado muito tempo num lugar onde faziam peixe frito, e a sândalo, quando os homens foram embora do mezze tio Naim chamou, Amina deves ir para mâdrassa aprender latim álgebra matemática astronomia, não basta saber dançar e bordar rosas de seda, Escola para amarrar meus pés nos sapatos que descascam os tornozelos tio Naim? Eu não, sei fazer contas e sei ler e escrever, basta, eu sabia palavras francesas que aprendera com tio Naim, oui non monsieur bonjour madame la dance soulier combien où sont les neiges d'antan? mas para que lembrar de palavras francesas? e inglesas? Não gosto de estudar, tio Naim, prefiro dançar, sei que vou ficar velha de cara cozida em beterraba mas não gosto, eu sabia o que diziam mal de mim, dançar era mandar homens nas casas de putas eles em cima delas mas a cabeça em mim, que tudo era para gastarem em mim seus dinheirinhos e eu ficando rica e eles pobres, irra aquela que derruba os edifícios dos prazeres e separa as assembleias, tio Naim disse que eu tinha pouco cuidado de mim, de ter sido o amor criado para minhas formas, que fui feita para ser amada mas não para amar, sabia o que passava na minha mente como lesse meus pensamentos, pudera ele entrar no mundo de meus sonhos, mas ele nunca alimentou o fogo no meu coração, o amor não era para as mulheres, nem para jovens, para velhos mascates ou cegos de olhos de vidro ia bem, O amor rói a alma de impaciência e debilita o corpo, me deu uma barra de caramelo, açúcar grudado, Minha perolazinha da lua.

PARTE 5
Casa de Amina

Ataifes em Meia-Lua

Muita gente na 25 de Março, mastigavam semente de abóbora e falavam árabe, tocavam as músicas dolentes cantadas dos melhores levantinos e gente nos cafés comendo quibe parecia gente de rua em Beirute, todos árabes, aqui se usava lá, comprei um lenço novo para dance of the Maghreb, cigarros nas pretas à janela, comprei no Mercado Municipal kaak be sumsum que aqui chamavam rosca de gergelim para levar ao tio Naim que gostava e fui na hora de sempre, quando tocava o sino da igreja católica, fazer leitura, lia um livro que dizia assim, Possuam-me, façam-me gozar, do contrário não hesitarei em acordar o gênio, haialalala, tio Naim ficava alegre de minha leitura, que pena era cego, gostava da minha voz, e da minha comida, fiz para ele ataifes, aprendi com vovó a fazer, chanclich, fatuchi, mufarraki, marchuchi, mufaise de ashma gordura de vaca tirada de torresmo hmmmm zaatar, chich bárak, mujadara, fasulia tantas comidas, roz bi halíb levava chá de arroz, mauud abóbora descascada, guaraibe manteiga batida, doce gomoso hai hai hai com açúcar cristal e água de limão ou harísse de semolina, melhores os ataifes, irra, com fermento biológico e nozes moídas, maa al zahr e clara de ovo para selar ataifes em meia-lua, eu via vovó fazer, Teus ataifes quase iguais aos de tua avó, disse tio Naim, eu deveria ser cozinheira, mas tio Naim gostava de dança, cengi turca, chikhat Moroccan ou gháziya de gipsy tribe eram belezas, antiga dança era ligada com religiosa adoração, Aceitam dançarina se mulher é limpa.

Armadilhas da Mente

Cuidado com as armadilhas de tua mente Amina cuidado se uma coisa não entendemos ou é amor ou morte, de noite tio Naim acendeu o chibuque e adoçou o café com um tablete de açúcar, mandou pegar no armário de livros um livro tal, assim assim e li, mergulhado no seu escuro no divã a segurar o chibuque na boca fumando tio Naim me ouviu ler e disse Chega, dança para mim, plact plact pandeiro, iaiaiai seus olhos às vezes parecia que me queimavam, parecia que ele me via, ele dizia que via sombras muito leves e nas sombras via seres que tomavam forma de animais via gente de asas cavalos voadores mulheres de quatro tetas, ele disse que me ver dançar cego era como um náufrago que morria num incêndio com seu barco nas águas, Amina tu enches minha casa com teu perfume e a iluminas com tua presença, Para que queres luz se és cego tio Naim? ele sorriu seu estranho sorriso de alma, a vida de um cego não é a escuridão que as pessoas imaginam, De qual cor o teu vestido? Preto tio Naim, Preto é uma cor difícil de ver, tio Naim lembrava da cor azul, da cor verde, lembrava do pelo do cão azul que tivera na infância, lembrava das flores verdes das montanhas azuis das nuvens verdes, não do negro, Lembra das estrelas? E da lua? brilhos de crisólitos no campo de asfódelos, perguntei se era uma noite o que ele vivia, uma noite de nevoaça, um lento escurecer que durava quarenta anos em que cada dia ele via menos, ele riu e bebeu da pequena taça de árak onde eu havia misturado um pouco de água gelada.

Pequena Taça de Árak

Tio Naim me via sem ver meu rosto sem ver meu corpo me via verdadeira me via através de minha alma ou meu perfume me ouvia falar e via mais fundo minha cara parecia de ferro que ninguém podia entrar, meu pai disse que fui feita de fogo para incendiar e destruir os homens como todas as mulheres menos a mãe dele, Como me vê tio Naim? taclaiala haiahaia Amina vejo a livre disposição de teus movimentos em livres movimentos de teu espírito, que se minha alma foi criada do fogo como dizia papai queria ele dizer, disse tio Naim, que o fogo é magnético e torna aquilo que toca em sua mesma natureza, tudo o que o fogo toca se transforma em fogo, Entende Amina minha sobrinhazinha? ele disse que se pudesse escolher por um instante de ver só uma coisa no mundo, só uma, não ia pedir para ver nem nenúfares narcisos nem goivos vermelhos nem a aurora nem o crepúsculo nem um navio de ferro nem a lua nem o mais magnífico palácio nem as letras douradas de um livro de crônicas nem um gato persa nem pirâmides nem o paraíso nem o fim do mundo nem um jardim, queria me ver dançar haialaia me deu caramelos e dinheiro, foi para o quarto cambaleando embriagado, sempre que bebia árak ele deixava meu ânimo feito de cinza em que o vento assoprava num dia de tempestade, o amor dele me aprisionava a cegueira dele me aprisionava a sabedoria dele me fazia prisioneira, o que dizer disso? nenhuma palavra podia eu dizer, Uma palavra que pode ser dita não é completa, disse tio Naim.

Ganhador Perdedor

Tio Naim tinha fama de ganhador mas ele era perdedor, perdera a vista os olhos as terras que tinham sido de seus avós a casa na aldeia os pais perdera a mulher que amava, esse o segredo de tio Naim, o calígrafo Habib Izar chegou de manhã bem cedo antes da hora do trabalho na chapelaria caminhando feito cegonha-ávegra, sentou à escrivaninha, tomou o caniço talhado, abriu o tinteiro e esperou, tio Naim vestido com a túnica que usa para dormir, chinelos trabalhados com flores de seda, ditou para Habib Izar cada uma das palavras como houvesse tudo prontinho na mente e tão triste aaaiiiiii parecia tanto que era ele mesmo quem perdia parente que ia embora aiaiaia tão fundo eu sentia lágrimas escorrendo, os libaneses escreviam assim de maneira triste, enquanto ele escrevia tio Naim ditava e eu bebia as minhas lágrimas a arifa Tenura cantava suas obscenidades na cozinha Grandíssima puta Os amantes de Anyra com carícias ousadas colhem em seus mamilos o leteu e a embriaguez O príncipe Nicabur passeia seu ramo de coral entre dois frutos vermelhos do adolescente As cortesãs de Shiraz pilham com suas línguas as flores do meio Cala tua boca Tenura, Tenura fez mhamasa e dourou na brasa o snúbar laialaia chora cebola Aranik o valoroso com duas mãos a boca e o sabre faz gemerem de prazer quatro adolescentes ai ai ai ai Os treze sodomitas de Jeffa caminham eternamente em círculo com suas espadas lavram as concavidades de seus vales o melro repetia dosvales dosvales uma grandíssima putatatatata tenura tua língua um chicote.

Adeus tio Naim

Libaneses precisam fazer suas lojas, disse tio Naim tomando árak, manufaturas igrejas bibliotecas mâdrassas clubes hospitais asilos e um cemitério, os alemães fizeram um cemitério, metade para católicos estrangeiros, libaneses não podiam ser enterrados num cemitério alemão ao lado de alemães e lituanos e húngaros e gente estranha, mesmo que pensassem todas as noites em voltar para o Líbano viviam aqui e uns iam morrer aqui e uns morreram na linha do trem outros no pantanal, falavam sempre na volta e de aqui ser um acampamento que se ia desmontar feito de beduínos, os libaneses precisavam de comprar casas abrir lojas construir hospitais mâdrassas fábricas igrejas clubes de tênis cemitério, todos sozinhos aqui pensando estar juntos mas sozinhos, moravam sozinhos na 25 na várzea aterrada do Tamanduateí, essas coisas eles repetiam na sala de tio Naim, eu ficava na cama de tio Naim deitada olhava o teto escuro ou então na cozinha com a arifa lambia o dedo de tudo aquelas pastas no dedo mmmmhamara pimentão vermelho beringelas com essência de romã hmmm e macerava as ervas a perfumar as mãos, mas havia o vazio dentro de mim uma montanha sem água e sem cabra só com neve fria escorrendo, jins dos muçulmanos, transparentes puxavam meus cabelos e a vida escapava nos requebrados e tambores, tio Naim queria que eu fosse costureira ou cozinheira, mas dançarina era aceita se mulher limpa, ele não mostrou nada de sua tristeza quando eu fiz a mala e disse Adeus tio Naim.

Sabes, Nasrudim

Mas falou com o melro, Sabes Nasrudim ela vai embora, diz que vai morar aqui perto e virá todos os dias fazer leitura para mim, ela é a última que me resta, lembrança de um passado hem Nasrudim, um cheiro da montanha, tatatata Nasrudim não um alívio, tomemos duas taças de árak para alagar nossa tristeza, as mulheres fazem assim, um dia chegam um dia vão, as amantes as mães as filhas as sobrinhas as avós, sobrinhas diz a palavra que sobraram, como os gatos macias, enroscadas, mas já sentiste as unhas de um gato Nasrudim? Melhor ficar calado, se a mãe dela se foi, ela vai, se a mãe não foi um dia irá, toda mulher se vai, ainda que seja só sua alma, o que é uma mulher, Nasrudim? Quem saberá? Compreendemos os cedros do Líbano, os carvalhos de Basã, o marfim engastado em buxo das ilhas dos quiteus, o vinho de Helbon, mas não compreendemos as mulheres, os seus corações uns objetos de bronze, e as almas são cavalos de mercadores, barcas voadoras e suas vontades de ferro trabalhado, come um pedacinho deste quibe frito passarinho, quibifritquibifrit, que adianta dizer, Amina minha sobrinha não vá? Se foi a mãe se foi a avó, cavalgando as suas imaginações, rebordadas de fantasias em cordas trançadas, o melro bêbado gritava tatata traçadas, haialaia macias tendas de Quedar, esses olhinhos de pomba da donzela, e o melro, putaputaputenura, os seios delas são um manancial recluso seu ventre uma fonte selada ah mulher, que deus te fez, e o melro bebia da taça de árak com tio Naim, os dois ficavam bêbados e tristes.

Mar Distante

As casas em São Paulo, umas grandes, umas com porões úmidos, um primeiro andar de cocheiras e segundo andar de salões e alcovas, aluguei o último andar de uma casa na 25 perto de onde ficavam tio Naim e os mascates e a maioria dos libaneses, um sótão de cumeeira para a frente com teto de telhas e soalho de madeira, para chegar em minha casa precisava subir uma escada que rangia irra a casa tinha cheiro de banana peixe melaço viscoso fumo, o cheiro vinha da cozinha do português no primeiro andar, os lusis que moravam ali eram gente de ar miserável, atarracados com grenhas de cabelos lisos e grossos, ralhavam com a arifa deles mas vi na escada o lusi se deleitando com a negra, mamando nos seios dela feito menino arre na minha casa de uma janela alta e pequena com vidros venezianas eu podia ver a rua, vendedores de empadas e sorvetes, crianças brincavam de cabra-cega jogavam peteca meninos atiravam pedra nos pássaros, ao fundo o Tamanduateí, além capinzais vacarias, o bonde cruzando a ponte, os alagamentos distantes e no horizonte os morros verdes, no telhado de minha casa moravam pombos que gemiam nas suas cruzas de noite huihuihui na janela de baixo a portuguesa cultivava rosa-de-cão, a portuguesa chorava de noite e seus arruídos de sofrimento se misturavam com os dos pombos na cruza, minha casa friante escurante no inverno e tão quente no verão, como podia eu permanecer ali? mesmo se abrisse a janela e deixasse entrar a brisa que assoprava vinda do mar distante, o mar atrás das colinas verdes e para se ver precisava fechar os olhos.

Dentro da Casa

Na casa não chegava água como nas outras casas de São Paulo, mesmo de dia precisava estar sempre o candeeiro aceso, no inverno era um gelo e no verão um forno de pão, eu tinha um espelho grande para dançar na frente dele e tinha uma boneca de pano, tinha a manta de lã de carneiro que fora de tio Naim, as coisas da cozinha panelinha chaleirinha frigideira escumadeirinha, um baú com pedaços de roupa cheirando a mofo, uma cesta grande e uma pequena, balaios, tudo o que tinha fora comprado em São Paulo menos a manta e o tapete, cheguei sem as coisas que possuía, as coisas deixei na casa de tio Naim, antes deixei as coisas na América, antes deixei no Líbano, deixava as coisas nas casas como se as coisas fizessem parte das casas e não de mim arre trouxe uma maleta com toalha e roupa de baixo, um corte de musselina que me deu tio Naim comprado na rua da Imperatriz ai as roupas desideratas a sombrinha polainas de lã, o meu retrato em fotografia, meu rosto pintado de cores o pandeiro na mão os cabelos rebanhos de cabras teimosas descendo do monte de Gileade, meu rosto parecido com o de vovó Farida perto do fogão, trouxe uma caixa de chapéu e umas luvas e as cartas da América, na mudança perdi a caixa de chapéu com um chapéu americano, um de inverno, minhas luvas e as cartas de tio Naim e de papai, que sempre eu perdia tudo ou esquecia, só gostava de coisa nova.

Espírito das Cadeiras Solitárias

Que diria tio Naim das cartas de papai? perder as cartas de papai, uma brincadeira maliciosa de minha mente, perdi também um moinho que tio Naim me deu para moer café, ele comprou numa feira de usados, ele moía o café porque a máquina era emperrada e eu não tinha força no braço para girar a manivela e não queria estragar o braço em esforços, sempre perdi minhas coisas, sempre achei que tinha coisas demais, tudo o que não usava me enjoava e jogava fora, na América as casas eram lotadas de móveis e muitas coisinhas douradas vermelhas, eles precisavam mostrar que eram ricos e mostravam entulhando as casas e os restaurantes e qualquer café, na América eu tinha almofadas vestidos chapéus florzinhas de asas de inseto, quando era criança nunca tive boneca, em São Paulo eu tinha um balaio com bilhetes de mascates ou de cursistas, Cara senhorita Prezada senhorinha Bela madame, caderno de anotar os dinheirinhos que entravam e os que saíam, as festas de dança onde fui dançar, quanto pagou fulano, quanto gastei com pulseirinhas ou lenços novos, merreéis merreéis eu não gastava com comida, gastava com enfeites, usava enjoava esquecia abandonava perdia jogava fora, assim tinha poucas coisas, achava, um dia olhei por uma janela esquecida aberta a sala de uma casa rica de paulistanos, no salão havia duas alas de cadeiras de palhinha, uma de frente para a outra e nada mais, não sabia se queria dizer, aquelas pessoas eram singelas, ou que eram ricas mas não gastavam, feito os mascates, eu sabia que dizia alguma coisa da alma delas, o espírito das cadeiras solitárias.

PARTE 6

A perfumada lubna

Chá da Índia

Todos os dias eu esperava o trem dos imigrantes para ver se chegavam imigrantes, esperava que um dia chegassem meus irmãos ou vovó Farida entre os libaneses que traziam o cheiro da perfumada lubna mas não chegavam meus parentes, chegavam mascates, caixotes de peixes caixotes de chá da Índia caixotes de vinhos do Reno e outras mercadorias, tifo dos navios, na frente da Hospedaria ficavam as carroças de imigrantes, os cavalos podiam tomar banho no Tamanduateí mas os rapazes foram proibidos do banho no rio, disse tio Naim que estava certo proibir mas não por problema de falta de decência porque alguns rapazes ficavam nus e outros bêbados, mas porque os bêbados podiam morrer afogados e levados pela corrente apesar de ser uma corredeira suave no trecho onde eles costumavam mergulhar, as mulheres de família no bonde deviam de virar o rosto para não ver rapazes nus alegres nas margens entre roupas estendidas nos varais muito alvas, as lavadeiras agachadas esfregavam sabão nos panos, adio che moro adio che moro hahaha a alegria dos outros perturbava mais que a nudez dos outros, disse tio Naim, vi rapazes naquela margem do Tamanduateí, perto do aterro que se chamava Ilha dos Amores onde havia antigamente jardins, banhos, esportes náuticos, mas quando cheguei em São Paulo a Ilha dos Amores tinha se tornado um jardim abandonado onde só iam as mulas sarnentas e os cachorros velhos, nem as biscotatelas da rua da Palha iam lá, os rapazes tiraram a roupa para entrar na água.

Homens Nus

Hmmmm os corpos nus dos homens haialaia ouvi os gritos e fui à janela, Não vai à rua Aminazinha minha pevidezinha de cidra, os permanentes vão dar tiros, tio Naim mandou fechar a janela, Não olha Amina, podem te aprisionar a alma disse Tenura a idiota Cala essa tua boca de fabricante de turbante, encostei a janela e olhei pela fresta, eles tiraram a roupa e ficaram nus completamente, não pareciam a estátua de pedra do Jardim da Luz nem as gravuras dos livros de tio Naim, eram peludos brancos azulados, peitos cor de coriandro, brancor semelhante ao do açúcar hmmm lamber hmm corpos de luz de lebreia de fumaça uma luz alva sem pudor como estivessem no deserto, eles se desnudaram diante dos meus olhos umas armadilhas suas peles sobre músculos vivos riquezas de Khorassan poder dos kai-kaús glória de kai-kobad aqueles onagros selvagens despidos sob os cômoros onde pastam os asnos diante da água suja, um frio do cão, água impura, urubus, água bela do nosso triste destino de rios imigrantes, as roupas dos rapazes largadas ali, então atingida por um raio vi um rapaz, catuquei, Tenura e aquele? Chafic, Como sabes? Ouvi falar, Libanês? Ele tem uma fama no Merrrcado, madame! mascates árabes, rapazes húngaros, italianos branquelas, cursistas da Academia magrelos de estudos e vinho todos pelados como galinha no forno, Chafic parecia um cavalo, o peito e os braços com tatuagens, Ele faz comércio de fogos de artifício no Mercado madame, ou vai de aldeia em aldeia no Mato Grosso.

Instrumentos

    Sexo quer dizer homem quer dizer embrulhado, o mesmo nome de homem e seu instrumento, li num livro, os muitos nomes para os instrumentos dos homens pomba sineiro agarrador, hahaha eis um assunto consolidado pela noite, nos belvederes dos palácios, nas bacias de coriandro alvo feito açúcar, instrumento é aquele bem grande, engrossa quando levanta definha quando adormece, kayr ayr instrumento de ferreiro fogofoguinho fufufufu um objeto peludo dh zzzz eriçado uiuiui os pelos eriçados e se precipita na vulva vuvuvuvu pomba é o que fica deitado nos ovos e sineiro aquele que ressoa tlindlentlindlen quando entra e sai da kuss portal schrumpf o fanfarrão diz mentiras, ai amo aquela vulva quero quero e quando entra logo se sacia e com langor e pesar se afasta, o triturador entra no portal apenas para triturar e o estancador demora a se deixar impressionar, o batedor batebate com pudor e termina espera e batebate uma vez mais aiaiai o torneiro gira para lá e para cá roinroinroin giragirarodaroda palaialaialaia o caolho que só tem um olho o transeunte que vai e vem dentro do conduto o nadador não fica num só lugar nada paraláparacá o cebola chorachora querquer chorachora o tio-felpudo dorme nos matos finos o tímido não se levanta na presença dos confrades o sacudidor o colante o voador o alternante o hipódromo da cópula o tio-saliva o dilacerador o inspetor, o descobridor o esfregador o conhecedor insuperável o adorador o rezador o falador o comedor o trabalhador vara de bétula na rúcula aiaiai Cala a boca Tenura.

Urbanos

Meninos vigiavam a ladeira do Carmo e na rua Municipal a chegada dos urbanos, o bonde parou e desceram passageiros, eu olhava apenas para Chafic como tudo em volta houvera desaparecido, uma mulher chegou a ele e deu um beijo que me devia de causar engulho mas me fez mais atraída, ele falava e dava ordens apontava aqui e ali os rapazes riam de suas palavras riam pác pác tiros, um menino gritou que vinham os urbanos descendo a ladeira do Carmo e os rapazes agarraram suas roupas e entraram no rio pác pác as mãos segurando trouxas rio abaixo, sempre chegavam os urbanos e os nadadores nadavam até a chácara de dona Ana Machado para escapar pela mata fechada na margem, os urbanos acampavam nas margens, passavam a noite na mata gelada para prender os nadadores, Chafic desapareceu na corrente e eu achei que nunca mais o veria, uma fumaça uma neblina, nunca mais em minha vida o veria, nunca no exterior de mim apenas o veria no escuro de minhas pálpebras, nu encostando sua língua na boca da mulher, fora ele um castigo mandado por Deus dos maronitas para eu pagar minhas maldades todas que fiz contra os homens, Chafic moeu meu coração marinou temperou com pimenta intercalou num espeto com pedaços de lágrimas de cebola assou na brasa grelhou e não comeu haiaia deixou coração feito tomate boiando na água fervente da inferneira do amor e arrancou de mim o recheio como abobrinha sem coalhada, e refogada, a fervura levantada, o quibe naye naye.

Profundezas dos Panos

Gostei sempre de caminhar na rua, na Quinze os homens olhavam para mim tiravam chapéu Bonjour madame, olhar os comerciantes abrir portas pendurar tralhas, as mulheres estendiam roupa em bambu nas janelas feito chinesas mas eu não gostava de ir ao Mercado Municipal, só para comprar rosca de gergelim, mas depois que vi Chafic passei a ir ao Mercado procurar entre os mascates, não haveria uma tenda de fogos de artifício? nem uma canastrinha de fogos? caminhava eu na várzea aterrada onde ficava o Mercado Municipal, o tal mercado era uma praça, uma terra batida pelos pés das pessoas onde vendiam mercadorias, com telhadão de zinco, andei olhando os contadores de histórias os pregadores ambulantes, os mascates de tecidos que batiam o metro de madeira nas canastras um barulho infernal, eu sabia que alguém esperava à porta de minha casa para convite de dança em festa, mas só conseguia perambular feito cachorro abandonado procurando o dono, entre mascates no Mercado, não podia dançar nem bordar as rosas, meu pensamento ia para longe, para as margens do rio, para as tatuagens dos braços e do peito de Chafic, para o beijo repugnante, espetei meu dedo com a agulha, perdi as linhas entre os cortes de merinó escuro a tesoura desapareceu no estendal de musselina de seda o dedal escorregou para a profundeza do tecido, parei à janela sem olhar para fora nem para dentro de mim, não sabia pensar, como se o raciocínio fosse infinitamente inferior ao que se passava dentro de mim.

Roscas de Gergelim

O tempo cura, diziam, tudo volta ao que era, devia eu de esperar, mas o tempo nunca passava e nada voltava ao que fora, parece que não havia mais nenhuma pessoa na cidade, eu ficava em casa esperava, ia na hora de sempre quando tocava o sino da igreja para a casa de tio Naim fazer leitura, passava antes pela estação olhava o trem chegar e saltarem mascates com as canastras leves, vazias e dinheirinho no bolso, ia ao ervanário sentir os cheiros de ervas ia ao Mercado Municipal comprar roscas de gergelim na tenda de Antonio Salim, olhava os rostos dos mascates Chafic Chafic procurei Chafic entre os comerciantes libaneses sírios pobres rudes alimpando os dentes com palito e comendo rapé igual aos suecos Chafic suas barrigas de vendedor de manteiga clarificada, suas bocas de tâmara pegajosa, sentados em suas banquetas atrás de algum tabuleiro, contavam moedinhas, inspecionavam arômatas e incenso no queimador, Chafic, expulsavam com resmungos um miserável cão de rua, rastejavam sorrindo para algum cliente rico, reverências, arenga, tagarelice intempestiva Ó minha freguesinha linda não tenho mais nenhum desejo neste mundo do que te agradar, Ó freguesinha sinta a maciez deste tecido como seda da China, Ó freguesinha que formosas fitinhas aveludadas para teus cabelos de manto negro rebordado de aljôfar Ó freguesinha abra esta boca por favor e experimente estes filhoses impregnados de licor que escorre gota a gota, Ó frescor de minhas pupilas Ó jovenzinha Ó bucles carcereiros de minha afeição.

Antigos Abismos

Aquela gente abandonada à sua sorte, pessoas distantes da família, da terra onde nasceram, filhos de uma civilização enaltecida, de origens nobres, com uma história de virtudes e grandes feitos, uma civilização milenar e prodigiosa, disse tio Naim, aqueles pobres miseráveis tentavam sobreviver, tudo o que esperavam da vida era uma miserável soma de miserável dinheirinho para enfiarem dentro do miserável sapato, num miserável pote enterrado, debaixo do tapete, andavam vestidos de trapos velhos para não gastar um tostão, orgulhosos de seu passado longínquo, insultados pelos que nos chamavam de turcos e nos confundiam com sírios, éramos diferentes dos sírios, sírios eram gente de desertos e planícies alimentados com leite de camelo, de turbantes pregueados, éramos gente das montanhas, sírios eram muçulmanos e éramos cristãos, os sírios reclamavam que os humilhávamos e não tínhamos compaixão e tínhamos o nariz para o alto como se fôssemos os amires do mundo vizires dos vergéis das maravilhas walis dos balneários dos palácios, éramos separados por antigos abismos e por baixo do abismo havia outro abismo, ou não seria chamado de abismo, eu deitava no divã e fumava fumava Chafic Chafic na fumaça fhfhfhhfuuuuuuu abismo do amor e declamava poemas para tio Naim, Ó lua que dardeja raios de amor de etíope ilumina seu rosto de míope hmmm ouvia eu soar o arrabil o mais lindo mascate do Brasil, o amor se derrama em mim como o vinho que se verte ó leão vigoroso ó meu príncipe ó calor tenebroso, tio Naim ria e bebia árak com água gelada.

Boneco de Alfenim

Dio Padre Eterno Figlio Spirito Santo Madonna san Giuseppe san Francescooooo Vegnè zò tutti dentro indel capeeeeel pela janela passavam os italianos, as carroças, as pequenas dornas de mosto, passavam mascates com canastras pesadas na cabeça, iam para os bairros mascatear, os que iam de aldeia em aldeia Piracicaba Ribeirão Preto Catanduva São Carlos Monte Alto saíam um pouco antes das onze para tomar o trem, as cabeças curvadas pelo peso, quando tiravam as canastras as cabeças continuavam curvadas, iam demorar uma semana, um mês, um ano, havia três tipos de mascates, os do Mercado, os de bairros e os de aldeia em aldeia na província ou mesmo de província em província, diziam que havia mascates nos lugares mais distantes deste país, nas florestas nos pântanos nas aldeias de índios nas fazendas perdidas, nos garimpos, um mascate podia passar um tempo a mascatear no Mercado e depois ir para outra província ou um mascate de bairro podia resolver ficar no Mercado mascatear no chão, Cacaca paese novo, os mascates voltavam das longas viagens pelos desertos brasileiros, sujos e arrastados por uma força tirada do fundo do corpo, a barriga cansada de pasta de milho com passarinho, farinha de mandioca com lagarto, Queres falar de amor minha alcaraviazinha? Nada sei de amor tio Naim, farinha o que de amor? tio Naim me deu um boneco de alfenim comprado na confeitaria, deitei chupando o boneco de alfenim, açúcar na língua Chafic Chafic hihihi o corpo nu mergulhando no Tamanduateí.

Jaqbirny

Ao fogão ovos mexidos com auarme em mufaise hmmm para esquecer Chafic para passar no pão mas não encontrei pão esqueci de comprar sempre esquecia mas comi assim mesmo lambendo os dedos, abri um pacote de beleue que Tenura fizera mas as nozes estavam com gosto de mofadas arre e o xarope umedecera demais a massa, papai gostava de beleues que vovó fazia para ele, as nozes libanesas eram maravilhosas e a água de flor de laranjeira fresca e deliciosa hmmm tomei duas xícaras de café e fumei um Murad, lembrei do Dunhill na vitrine da loja na Sé os cigarros ingleses eram mais suaves, diziam que Kutchuk Hanem fumava cigarros ingleses, fumava eu a noite toda Chafic Chafic seu nome leve como o refrão harmonioso da calíope as orações dos pombos torcazes, Chafic pesava no meu estômago como um prato de tripas de carneiro hrhrhrghghg sua espada desembainhada aiaiaia difícil de engolir até um purê de moela de palmeira, desconhecido sem eira nem beira filho de dois mil apóstatas, um salteador que espera pela noite para comer meu coração, os mascates estavam aprendendo um sorriso falso de agradar freguês parecia que na rua andavam rindo para os postes de luz a gás Auer ficavam com o pescoço torto e aprendiam a cuspir na rua quando passava um italiano ou um português, estavam aprendendo a usar ceroto no bigode e after-shave, nas poucas horas em que eu dormia sonhava com Chafic e acordava suada, olhava as nuvens cinzentas do céu de São Paulo, se aparecia uma pequena estrela eu me apaixonava por ela.

Sereia Paulista

Deitada na cama eu sentia calores, empurrei a cama para longe do fogão, a cama havia ficado perto do fogão no inverno, do andar de baixo gritaram, reclamaram do barulho, na minha mente a imagem do português com a negra na escada ela com os seios desvelados as duas mamas intumescidas molhadas de saliva, fechei os olhos Chafic caminhava na rua entrava na casa subia a escada entrava no meu quarto, sentava no chão eu dançava para ele véus transparentes lakahakayaya ayya Chafic me tomava a mão me apertava em seu peito me deitava no chão beijava minha boca como beijou a boca daquela mulher beijava partes do meu corpo aqui ali hmhmhm até me fazer maleável e me enfiava o tio-macio com força até que nossos tufos se encontravam, dizia palavras doces no meu ouvido Minha florzinha de mel minha rodelinha de limão minha amêndoa picada, murmúrios e me levava junto com ele descia do meu peito então eu concebia um menino, Chafic desaparecia e nunca mais voltava, o menino nascia e era igual a ele, longo feito caniço e belo feito um bule de ouro aí o calor no meu corpo era tanto que fiquei nua, havia pouca água na jarra e joguei a água toda na minha cabeça para esfriar mas continuei atiçada de arrepios, de manhã fui à Sereia Paulista para um banho, lembrei dos banhos na minha aldeia, elas passavam máscaras de grão-de-bico no rosto, fragrância de almíscar para os cabelos, pedaços de cortiça para esfregar a pele, loções para fazer da pele um verdadeiro jarro de prata.

Ódio a Deus

Ai ódio óóóódio vou matar Chafic com o punhal da dança de Morgiana, odiei o seu poder mágico aquele sapo branco do fundo do pântano da selva tatuado ai cameleiro chifrudo ai enrabador de camelo nariz de manteiga crua beduíno mulambento mercador horripilante sultão dos infiéis monarca judeu de lábio tingido sai de mim pesadelo cabila, Chafic e sua boca disponível quem era a mulher? claro puta da rua da Palha o que havia nele que comunicava secretamente com as mulheres? nem era bonito, tinha um nariz de turco velho pernas finas de rã da ladeira do Acu cabelos crespos de ninho de rato gordura no alto da cabeça orelhas de pingente de odaliscas do purgatório e arrogante como pudesse mandar nas nuvens e nos mares e nas correntes dos rios e peito imune às balas dos refles dos permanentes e se podia alevantar a canastra mais pesada como fosse uma pluma podia avoar, língua na língua, roubador de bagagens do reino de Marzagra presente de Maimon fervilhante cor-da-noite pérfido gandoura de um demônio chupador de pata de cabrito comedor de maçã morcego árabe um mago do ocultismo a derreter os corações das vacas do Gasômetro e das putas do chafariz, comedor de nariz chupador aprendiz um terror dois terrores três terrores sem nenhum pudor da natureza singela dos corpos humanos e foi levado ai que tristeza meu amorzinho foi levado pela água do rio, O inferno é o amor, disse tio Naim, O paraíso também, nas profundezas de nosso corpo regadas por leite.

Penacho de Algodão

Parecia eu doente sentindo tanto as coisas tudo me fazia chorar chueennnf um vento quente me fazia chorar sufocada que lembrava samum, um crepúsculo violento me fazia chorar as florzinhas do campo que o doméstico de tio Naim deixava numa jarra na escada me faziam chorar a leitura de qualquer parte de um livro me arrancava lágrimas, uma mula manca passando na rua me fazia chorar o choro da portuguesa no andar de baixo me fazia chorar encontrar uma cebola dentro do quibe me fazia chorar eu me sentia um penacho de algodão nem tinha vontade de dançar, dançava na frente dos espelhos e me sentia tão só, fingia Chafic assistindo a dança haialaia taclatacta água de rosas lama perfumada água de mirto pétalas de flores secas ao luar eu tomava banho Chafic assistia e tudo tinha um sentido oculto magia sedução, mas era um balde frio jogado na minha cabeça brbrbr, parecia mais um pesadelo o banho no Brasil, elas esfregavam nossa pele com luva de tricô como se a nossa pele fosse uma calçada sendo lavada com vassoura, comprei hena no Mercado, rosca de gergelim e fui para casa de tio Naim, pedi a Tenura para fazer hena no meu cabelo para ficar macio brilhante avermelhado como cobre, a Tenura cantou uma música Estou em transe ó jovenzinho larara chorei disse para ela Para com essa melopeia e ela parou de cantar, as mãos na cintura, Por todas as aves da tempestade por todos os dezenove guardiães do inferno, ontem rindo de tudo hoje chorando por nada, por um milhar de esbirros de Satã parece que a flor-da-noite está apaixonada.

Flor-da-Noite

Cala a tua boca que eu não tenho a menor intenção de ter a cabeça moída por a tua tagarelice se não calares a boca vou fazer chover golpes sobre as tuas nádegas mula mossulana e Tenura voltou a cantar eu a chorar, Minha madame estás assim porque leste aqueles versos ontem, os poetas são malditos jins um poeta é um majnun, abri a janela sequei o cabelo no vento e tio Naim tomava chá, Os poetas são malditos tio Naim? A Tenura diz que são malditos, Ela fala assim por causa das suratas que criticam poetas porque os poetas acreditam em outros deuses, os versos nunca respeitam religião mas os poetas são apenas homens de alma livre e tio Naim me mandou procurar no armário o *Rubaiyat* e me fez ler, o poeta era um grande astrônomo e ensinava que a vida devia ser levada com prazer à sombra fresca das árvores, aos toques macios da pele jovem às libações de vinho aos perfumes mais inebriantes Assim tio Naim? Assim minha zibelinazinha e tio Naim muito se alegrou o coração de ver a sobrinha mostrar um inesperado interesse por poesia, eu queria cenas de amor embriaguez erotismo em noites estreladas, amor justifica a existência humana? vinho amor pele mas a nossa vida verdadeira neste fim de mundo era de lágrimas trabalho suor canastra pesada nas costas umas vidas sem brilho e sem prazer, Estamos distantes de nós mesmos tio Naim? ai o amor carícias trocas vaivéns palavras doces nos estertores, a permanência agradável no cume das nádegas sensibilizar as coxas endurecer os mamilos o fantasma de Chafic me dava divertimentos.

Loucos Prazeres

Duas bocas se beijam, a boca encostada na boca e a língua na língua, na página seguinte a mão dele entre as pernas dela e os lábios juntos, na outra ele em cima dela como num cavalo e morde a crina depois ele por detrás dela como um cachorro na urna de sodomitas depois ele dentro dela frente a frente e os lábios nos lábios depois ela mama no instrumento dele com mel depois ele mama no portal dela com refresco de hortelã depois ele mama nela enquanto ela mama nele depois mama nas tetas hmmm se eu fosse uma gháziya poderia cometer pecados que não seriam chamados de pecados, poderia dançar nua em qualquer festa até mesmo na frente de tio Naim haialaia na frente de homens, de estranhos, dos estrangeiros, dos espiões ingleses, dois homens se acariciam um ao outro nos instrumentos depois mulheres com línguas nos portais secretos das outras, dançar nua para tio Naim a al nahal, uma mulher com dois homens em suas flores abertas na frente e atrás, tirei os sapatos e as meias acariciei minhas pernas geladas como seria Chafic no sexo? os homens faziam ruídos estranhos quando dormiam e quando comiam, quatro homens nas quatro entradas de uma mulher depois um homem faz quatro adolescentes gemerem usando a boca e as duas mãos e seu tio-veludo, como seria o instrumento dele? minha mão quente e com ela acariciei meus peitos, ondas esporões o gigante com vinte adolescentes se sacia em seu instrumento os lebréus ardentes acariciam com língua as corolas das flores beijos inebriam os golfinhos.

Lah Hilah Hilah Lah

A cortina fazia fu fu eu no divã fumava, veio Tenura me trazer raha e urás hmmm e uma erva-doce para o chá, tio Naim queria saber se eu estava com dor de barriga de novo, Está de dor de barriga Flor-do-Dia? Tenura arifa da casa de tio Naim era muito tola, acreditava em gigantes, ilhas negras, esfregava chaleiras para libertar o gênio, eu tinha de ensinar, Presta atenção Tenura, a lua é mais útil que o sol porque as pessoas precisam de mais luz de noite do que de dia entendeu? ela repetiu o que eu disse, comia com as mãos e gostava de enterrar nos potes de barro coisas de valor, correntes de ouro, brincos, vidros de perfume que roubava de mim, mas eu sabia onde ela escondia e voltava lá para tomar, ela roubava, eu voltava lá, roubava quinquilharia uma tâmara um pedaço de fita um botão quebrado roubava pelo prazer, gostava de vestir cores fortes, calças tufando no tornozelo acabando numas peúgas costuradas por cima e babuchas de marroquim, por cima uma saia de rendas e um bolerinho, dentro de casa andava descalça, penteava os cabelos em tranças e se cobria de enfeites dourados e tilintava anunciando tlin tlin tlin também seu canto entoava na casa, a voz afinada sinuosa, letras cantadas misturadas lah hilah lah Muhamd roçol halah hilei homens justos da santa lei como vos deixais vencer assim de uma gente tão fraca que são estes cães de guarda sem mais ânimo que de galinhas brancas e de mulheres barbadas? Tenura se escondia para fumar cigarro de tabaco, espalhava perfume no ar, afastava os jins, queria me afastar de tio Naim por ciúmes.

Perfumes, Quinquilharias

Passará a me mordiscar da cabeça até os pés e depois de tantos beijos chegará aos meus anéis haialaia e se via que era apaixonada por tio Naim, todas elas eram, Tenura tu amaste um homem alguma vez? Ai antes amar uma cabra, Conta a verdade, O que me dás em troca Flor-da-Noite? Penteia meu cabelo Tenura, só de tirar nó de meu cabelo ela gastava mais tempo que para varrer a casa, dizia, eu dava mais trabalho que o cego, Tenura nunca usou xador ou niqáb nem quando seu marido estava vivo, não queria sofrer como sua mãe nem se esconder dos estranhos, não era bonita mas tinha a face de nácar olhos bordados de fios negros cabelos tingidos ora de preto ora de vermelho e dormia com camisola bem transparente e lasciva, dava para ver o portal dela sem nenhum pelo, ela arrancava os pelos de quinze em quinze dias com cera de mel, Tenura disse que nunca mais tornava a casar mas continuava a pintar os cabelos e a se despelar como esperasse marido Haialaia me dá cabeçadas e morde meus lábios haialaia esse Chafic tem uma fama no mercado! ai não se podia pedir ao meu coração para esquecer mesmo colocando num ferro em brasa pois vi sua alma e quem vê a alma não se pode mais livrar dela, Chafic astuto que poderia fazer a lua empalidecer, as sobrancelhas verdadeiras caudas olhos bordados de filetes negros, ainda que vestisse uma túnica de mais de noventa remendos eu lhe não abriria a taramela da porta, um cão examinador que me deu longos calafrios de amor e havia sempre um resto disso para mim, um bater de asas de ave-do-paraíso uilaiala.

Misteriosos Drapeados

Nunca mais vi Chafic, soube pela arifa de tio Naim, uma água no cântaro, ela dava publicidade às vidas alheias, Vai Tenura, perguntar no Mercado pelo mercador de fogos, onde ele está, que Chafic havia ido com um grande baú nas costas para vender mercadorias onde os mascates ainda não sofriam concorrência mas dali desaparecera talvez tragado pelo pantanal ou engolido por jacarés quem sabe morto pelos caçadores ou numa emboscada de marido traído, talvez voltara para sua aldeia no Líbano, Qual? Ibel-Saki, muito rico por ter encontrado diamantes, enquanto Chafic estava distante mas dentro de mim encontrei abrigo no bordado de rosas, as rosas tomavam meus dedos e meus pensamentos as rosas me levavam aqui e ali, sempre perto dele, nu, beijado, todos os meus pensamentos, os convites de dança surgiam, ia eu dançar e buscava Chafic entre os da festa, queria me vestir atrativa para se encontrasse Chafic e guardava páginas de algum jornal francês com os vestidos que ia fazer e vestir para ele, bordava rosas bordava, minha alma presa nos misteriosos drapeados e amarrações nervuras sinuosas laços e mais laços em vestidos de noite, Chafic, tentei fazer um vestido não havia muito pano e misturei, uma mistura exuberante de tecidos lisos com estampados que parecia um balcão de armazém, o que é vestido Dolly varden em chintz ou cretone? ou o Lírio de Jersey? os caprichos da moda ocultavam meu espírito, meus dedos bordavam rosas no pano mas quando eu deitava na cama de ferro e fechava os olhos lá estava Chafic dentro de mim bordado.

Perigos que Espreitam

Mais tortuoso que uma raposa e mais salteador do que Sahlab em pessoa, esses tiranos sabem se instalar no coração de uma mulher cobertos de ações brilhantes e uma dura azagaia escondida nos olhares, ornados de um clarão mortal, a mostrar nos risos seus segredos mais ocultos como cem mil cães esfaimados ai dispensador de benefícios ai levantador do sol que capturou um coração em uma mordidinha sem beber da taça, dervixe calênder da pastelaria haialaialaia eu queria esquecer Chafic, a natureza não poupava nem as rainhas que mais uma pobre de mim perdida por aqui, o que correspondia aos meus desejos não me satisfaria ai maligna escravidão o amor e a paixão, meu pai escreveu Ai de quem ferir teu coração congelado na fábrica de gelo, Amina, teus dentes aguçados no tiz de um cão, Amina, teu traseiro de vespa, não há um pelo em teu corpo que não seja impregnado de um jorro de esperma anônimo, filha de uma adúltera, cadela entre as cadelas dos árabes, cadela maldita infiel adoradora da carne mas quem estava se extenuando, quem deixava de habitar o próprio corpo, quem não tinha paz durante a noite? era eu, Ai, se vou de fazer um julgamento, eles são todos uns patifes, Cala tua boca Tenura, Meu amante me faz virar, de frente, barriga, costas haialaia, ele diz Toma eu respondo Dá haialaia ai objeto precioso não o retires de mim deixe ficar eternamente no meu jardim haialaia Cala tua boca Tenura, fumei um cigarro deitada no divã apaguei o cigarro acendi outro, andei de um lado a outro, fumei fumei.

Dia de Chorar

Sempre eu chorava quando chegava carta de papai, papai ficou triste comigo porque sabia que eu era dançarina como vovó Farida, para ele dançar era aceitável mas mulher limpa só devia de dançar na sua casa ou no harém feito as muçulmanas Ah os muçulmanos é que sabem tratar de uma mulher, e jamais ganhar dinheiro com dança e nem mostrar dança a qualquer um que pagasse ou a estranhos até a estrangeiros de outros países, para papai isso era um tipo de puta e para papai por isso eu era um desgosto pior que o da mamãe, ela ao menos desaparecera das vistas dele e podia morrer por isso, e iria morrer se um dia voltasse papai enfiava uma faca no ventre dela e cortava sua garganta e bebia o sangue, papai guardava num estojo a faca esperando pela volta da mamãe, nunca poderia perdoar uma mulher assim e uma mulher assim era que poderia ter uma filha assim, feito eu, mas tio Naim disse que papai me amava e também amava mamãe e por isso a esperava fosse com uma faca, esperava dia esperava noite, tanto que sua vida era esperar, papai não podia entender a dança, mas se tio Naim podia papai também podia, Amina teu pai no fundo entende mas não pode aceitar porque és filha dele, Tio Naim se eu fosse tua filha me aceitavas? tio Naim ficou vendo melhor o mundo porque de sua cegueira dos olhos, nem precisava fechar os olhos para pensar, e riu, as leituras de livros também fizeram tio Naim entender melhor a papai, mamãe, a mim e a outras pessoas.

Uvas Verdes

As uvas caíam na terra de maduras, mamãe estava aparecendo nas casas da aldeia, disse papai, em forma de uma raposa que falava e entrava na cozinha, comia os banquetes as pastas dos mezzes, lambia os potes de manteiga hmmm shrunfff as coalhadas comia carnes gordas e ia pela janela rindo yayaya para perto da lua onde morava, o prato não é para quem come mas para quem faz, hahalalaia drusa suleimana ralã deixei vovó a morder os dedos, esquecer é ser feliz, a vida estava cara e papai tinha pouco dinheiro, mas não pediu dinheiro, A morte fica fácil de suportar ao lado dos tormentos de que padeci, Ai esses filhos me custaram a vida, Antes me tivessem arrancado apenas os olhos como a meu irmão, me arrancaram... o coração! as mulheres, foram as mulheres filhas de Satã, quem vai deixar de trocar uma lâmpada velha por uma nova? ha ha hu uuuuuuuuu este é o país dos mortos enfim uma alma uma alma uh uh uh uak uuuuuh Mulheres o fruto de tua sedução perpétua: o nada, a bela, uaiah, na frente dos homens apenas com sua pele os seios como duas pombas brancas a alçar voo e com o cuspe de sua boca a tornar o mar salgado, uma huri que se evadiu do harém dos tontos e seu ventre são as ondas que fazem o mar em tempestade que tira a paz das montanhas e do céu, uma ladra de corações, os peidos que o bom Deus e os anjos queimam, uma campônia ignorante, E tu não estás vestida como qualquer um de nós.

Olhos Arrancados

Entender as pessoas que fazem crimes e fazem tragédias? As pessoas que fazem sofrimentos e as que fazem guerras e maldades, Entendes os drusos, tio Naim? Por que não? Entendes os xiitas das montanhas? Sim, Mas eles te mataram os pais e os avós, eles tomaram tudo o que era para ser teu, entendes? Sim Amina, E não sentes ódio deles tio Naim? Não há ódio nenhum em meu coração, E por que há ódio no coração de teu irmão? Não deve ser ódio Amina, deve ser amor demais, Por que minha mãe foi embora tio Naim? e tio Naim como sempre ficou em silêncio ao ouvir essa pergunta como fosse o guardião de um segredo, o que dizia a carta de papai? Ó lontra minha parece que não tenho filha quando amanhece e parece que nunca tive quando cai a noite e disse ele que não partilhava do pão e do sal comigo, e disse, Cadela dos árabes, da raça dos jins, que por minha causa ele vagava pela casa e subia no telhado perdido entre as pombas encarapitadas, que seu coração não tinha refúgio, que vivia no tormento do abandono, cada dia mais só, mais só, estava construindo um túmulo no pátio embaixo da jujuba para mandar gravar ali o nome Dela, ele nunca mais disse o nome de mamãe e nem escreveu Maimuna, quando alguém dizia o nome dela ele cuspia no chão, o tempo queimava seu corpo, apagava seu entendimento secava suas orelhas e o fazia arder nas lembranças, a vida estava cara e ele tinha pouco dinheiro e vovó Farida estava doente e só dava despesas na casa nem cozinhava mais.

Cadelas Bravas

Eu era a filha de uma cadela brava e o figo caía sempre debaixo da figueira, eu era uma iniquidade ingrata não havia um pelo em meu corpo que não fosse impregnado de um jorro de esperma anônimo, filha de uma adúltera, Cadela entre as cadelas dos árabes cadela maldita infiel adoradora da carne, Deus o privava de todo discernimento na velhice como se tira um cabelo da massa, e a sentença de Deus executada, que eu era como mamãe jurava pela lua e pelo sol, que sua vista escureceu, seus pensamentos se turvaram, o sono abandonou suas pálpebras e os seus pensamentos ficaram esfiapados, eu estava entregue à taça das brincadeiras maliciosas dos humanos, precipitada nas paixões, que meu ventre lembrava uma gamela onde se amassava o pão e meu umbigo um estojo de marfim cheio de bálsamos de nenúfar, uma perfeição do espetáculo da degradação, que eu me enfeitava para o pecado com todos os perfumes e unguentos, que nunca Eva procriou com Adão um ser como eu que levava à morte os escravos na paixão, era eu um bibelô precioso jogado na lama, e dava notícias de meus irmãos, Abduhader queria ir para a Amrik, Aniz estava formado advogado, Bussamra e Daher estavam estudando e Feres e Fuad tinham entrado no exército da ocupação, dormiam ao lado dos inimigos como dois coelhos num ninho de serpentes, Talvez ah filha querida um dia o tempo volte e traga todos os meus filhos de volta para junto a mim.

Flor de Estufa

Tenura limpou a cozinha arrumou a cama sempre tropeçando e atrapalhada com os panos, fez trouxa de lençóis para lavar no Tamanduateí, encheu de querosene os lampiões derramou na mesa, varreu a casa espalhou perfume, Madame, homem só serve para arrastar os pés, para entulhar a casa, para sujar os pratos e para enfeitar, madame, e foi embora, quando Tenura saiu senti uma horrível solidão e a solidão aumenta nossa tristeza em um côvado, eu não estava mais em minha casa nem em mim, uma coisa mudara em meu interior eu esbarrava como se em uma casa os móveis estivessem fora do lugar, eu não sabia me mover, inquieta não gostava mais de ficar deitada no divã a fumar e esperar convite para dança nem de contar dinheiro nem de fumar nem de mascar pedrinhas transparentes de miski nem ao fogão fazer ambares nem dançar no espelho com vestidos imaginários nem lembrar de minha avó ou olhar da janela a gente na rua o sorveteiro o empadeiro, não sentia vontade de conversar com tio Naim e pela primeira vez nem de ler livro para ele no fim da tarde, nem o livro dos prazeres loucos, queria sair de casa e andar, olhar as coisas do mundo ver o que tio Naim não podia, os muros as nuvens rodando as outras moças como se vestiam e por baixo da mantilha o que levavam e como seguravam o buquê de flores a sombrinha as luvas tudo ao mesmo tempo arre e se usavam polainas de lã, minha casa parecia gaiola eu queria avoar e ela me prendia, ninguém sabia esclarecer minha alma e eu murchava no sótão fufufuf uma flor de estufa.

Ínna Fy Assama

O doméstico varria a cozinha, sentei com tio Naim tomei café com ele, perfumado com cinamomo hmhmhm e olhei na borra naquele fundo uma velha de xador sentada na almofada, era vovó Farida ou era eu? Tenura levou ataifes rarrrg tio Naim sussurrou quando Tenura entrou para a cozinha Os ataifes dela não parecem os teus, rimos, ela cantava na cozinha O que vive morrendo, o que morreeeeee, findando, vai viiiiir, viráááá, Ínna fy assama'i, lakhabara bababa Ua ínna fy-lardiiiii, la'ibara não chorou não mamou hahahy hahaha e mais tarde ela me chamou na cozinha, conhecia um sortilégio para atrair ou afastar um homem, Atrair eu quero, me deu uma medalha com uma pedra azul Onde roubaste isto cadela das ladras? presa a uma corrente e mandou que eu levasse sempre ao pescoço, que escondesse minhas coisas de valor podia ser num pote de barro ou numa caixa de madeira e abrisse as janelas de manhã para entrar o sol e a brisa na minha casa e de noite metesse à janela um prato de leite com açúcar Mas para os gatos? Os gatos não tomam leite com açúcar madame, o leite com açúcar atrai homem, sabe madame como fazer aumento do sexo viril? o sexo robusto é muito útil madamezinha, mergulhar na água morna para dilatar e friccionar geleia de gengibre uhuhuhu com pimenta, tulipa selvagem rizoma de galanga tudo em pó hmhmhmhm ou água morna com minhocas e água quente enrolar o sexo num pano de linho com cataplasma hmhmhmmh.

Água de Alcaparras

Ai madamezinha sabes como se tira o cheiro do portal? a mirra vermelha se faz em pó com uma pedra de moer, amassa na água de mirto forma umas bolinhas e fecha as bolinhas em um saquinho de lã, usa o saquinho no portal de dia e de noite estará perfumadinha, para as carícias do nariz, ou tulipa selvagem triturada dissolvida na água de rosa muito perfumada aplica no pano de lã e usa de dia no portal e de noite hahaha, a felicidade da mulher está no portal perfumadinho e apertadinho, para apertar o portal dilui alúmen em água fria e lava o interior da kuss misturando com água de alcaparras, arde arde muito mas o portal hmhmhm se retrai ou alfarrobas sem sementes cozidas no fogo brando com cascas de romã e tomar um banho de assento madamezinha hm hm jum e fazer fumigação na feitura dos excrementos da vaca e se o Altíssimo permitir, mostarda selvagem almíscar hmhm creme, madamezinha se deve preparar para o amor e quer despelar o portal com cera? e se o pretendente está de instrumento tolhido e não jorra haj folha de freixo pimenta-da-pérsia semente de tamarindo aristolóquia flores de cravo-da-índia em caldo de galinha dar numa panela de barro feito sopa ao eleito e o manda aspirar quando levanta a tampa da panela ou meter mel para tragar e dar ao príncipe de manhã e de noite, ou aristolóquia com cereais gramíneos queimados cevadilha e gengibre-verde canela-de-meca chupar de tempo em tempo e se o jorro vem depressa demais madamezinha, pó de benjoim e noz-moscada chupa chupa.

Bagatela dos Mascates

Minha cara nos espelhos muito triste, o chão rodava debaixo dos pés, tudo que eu sentia me fazia doer a cabeça, coberta com uma mantilha feito as paulistanas eu ia ao Mercado procurar Chafic, andava entre os mascates nos domingos, olhava suas quinquilharias com vergonha de ser mulher apaixonada, com vergonha de ser imigrante, com vergonha de ser libanesa como eles, comprava uma fitinha de que não precisava, um botãozinho, uma rosquinha, não gostava das bagatelas que vendiam os mascates, nem das coisas que vendiam nas lojas dos lusis, A barateira A mais barateira A rainha das barateiras Ao rei dos barateiros Ao único mais barateiro Ao torrador Novo Mundo Simpatia das moças Oliveira vende barato, gostava das coisas das lojas dos franceses, os coletes da madame Escoffon, La grande duchesse, casa Garraux, os pratinhos amarelos de latão na frente da barbearia onde os homens conversavam e liam jornal, nada de Chafic shinf shinf escorriam lágrimas grossas dos meus olhos na praça da Sé, homens passavam e tiravam o chapéu, paravam a me olhar, os cursistas nas ruas, da tribo dos boêmios do estudo, cursistas da Academia nas portas das repúblicas falavam sua gíria particular, faziam seus versos de amor, seus murmúrios juvenis tão diferentes dos outros moradores quietos e desconfiados, gente da lebrina, do Tamanduateí contra a gente do convento, os locais contra os de fora, a calmaria contra a agitação, o estacionarismo contra a ação, as vitrines davam arrepios.

Coplas de Opereta

Uma loja dedicada ao comércio de vidros, outra de sortimento de falsa e verdadeira bijuteria, uma outra de chapéus para senhoras, a seguinte de livros franceses assim por diante, vendiam o necessário e o desnecessário, cheiros, pêndulos golas de ocelote espingardas leques, num instante me senti leve, esquecida de meu tormento, sentei no Girondino mas uma mulher sozinha entre os velhos que tratavam de negócios atraiu os olhares, levantei antes de tomar o sorvete que pedira à caixeira, entrei pela rua da Imperatriz, cruzei a São Bento, subi a ladeira de São João passei pela ponte do Anhangabaú a ponte do Acu entrei na rua do Seminário e achei que estava perdida, perguntei a um menino que vendia mingau e ele me indicou como chegar ao largo do Paissandu, depois rua dos Bambus e entrei na rua dos Guayanases, ali ficava a fábrica de fogos de artifício, o que devia eu de fazer? não havia por ali nenhum mascate, umas crianças corriam, vento levantava poeira, um lugar seco, melhor que a várzea mas não muito melhor, na casa velha onde ficava a fábrica a um balcão atendia um homem de barba e atrás dele rapazes e crianças enchiam cartuchos com pólvora e enrolavam as pontas, Signorina? Ah il mascate? Mora na 25 de Março como tutti mascates, Não, Chafic não mora na 25, então o velho perguntou a uma moça que recortava papelão ao fundo, ela sabia da casa de Chafic, O mundo! era o mundo, lugar nenhum, na volta entrei na igreja de São Bento, acendi um cigarro, fiquei ali divaguei, toda mulher sabia da vida dele.

Alegrias Saborosas

E o beijavam, o fantasma de Chafic lambia meus seios e se vertia em mim prodigava seus beijos me deixava em fogo, não conseguia saciar tudo em mim e me mantinha agarrada no seu espírito me agarrava com seus braços por um calor que havia em sua ausência e eu nele, como se o tivera desejado desde minhas unhas tenras, fechava os olhos e ele vinha não de fora mas de dentro de mim, sei, os homens ardilosos sabem se conduzir melhor com as mulheres do que o homem disposto a amá-las profundamente, Chafic de longe com ardis muito engenhosos e incompreensíveis dominava a minha alma e o meu corpo ele me fazia sentar na cama desfazia meus cabelos e percorria com a língua os lugares da vontade segurando meus peitos num ímpeto de furacão irritando minha pele e me fazendo gemer me beijava com sua boca de selo-de-salomão entrava no meu portal com seu instrumento semelhante a uma coluna do templo dos infiéis uma tenda armada rompia o que era para romper aiaiaiaiaiiiii e quase chegava eu ao auge da guerra amorosa empreendida pelas proezas do seu mastro quando a porta se abria e a mulher da rua da Palha entrava furiosa e gritava Como tens a ousadia de se esbaldar com o meu homem? tirava uma faca da cintura, zunia a faca e me golpeava eu sentia a faca abrindo minha barriga, o sangue uma sensação tão verdadeira que passei a mão na barriga mas estava seca, o padre Nahul apareceu na lateral do altar e me fez sinal para apagar o cigarro.

Águas Vivas

Veio o padre Nahul, Sabes quando o turco rouba menos? No mês de fevereiro hahahahaha vermelho com cheiro de hortelã e depois Virgindade virgindade casamento e nada de divórcio virgindade virgindade Sabes a diferença entre um turco de dia e um turco de noite? hahahaha o cheiro das lentilhas no fogo perfumava a cozinha de tio Naim, os braços e tornozelos de Tenura tilintavam tlin tlin Ele trabalhou laialaia na juventude laialaia como agente de devassidão laiaraaa arranjou encontros laiaia entre homens e mulheres ai Deus fez as mulheres como fêmeas-satãs, a voz de tio Naim ditou palavras tristes de despedida ao calígrafo Fonte de águas vivas que correm do Líbano Os caminhos da história o ameaçam Engenhosas realizações humanas A lembrança é uma forma de encontro o esquecimento é uma forma de libertação Cavar com a fé do lavrador Voltar voltar voltar toda semente é anseio e Tenura falava pelos desgraçados dos dentes, Sabes Tenura quando é que falas menos? No mês de fevereiro hahaha ela resmungou e voltou a cantar Ó amooooo fica sabendoooooo que minha vulva está limpaaaaaa uma bunda que peseeeeee quando ele se aplicaaaaaar um peito que nade sobre miiiim, fui embora para minha casa não suportava tantas palavras e tantas pessoas ao mesmo tempo tio Naim disse que eu me escondia num bosque de silêncio, És como tua mãe, calada, tenho medo de te perder Amina minha arrudinha malvinha-cheirosa tenho medo que vás embora de repente, que desapareças, eu morreria sem ti, sem teu perfume de flor de campos perfumados do amor.

Carta

Mandei chamar o calígrafo Habib Izar para ditar a ele uma carta, o mascate Chaim Mathias estava de partida para o Mato Grosso e podia levar uma carta Conhece o mascate Chafic senhor Chaim Mathias? Chafic? Chafic? Dos fogos de artifício, Ahhhhhhh ohohoh ihihih a carta sim sim mas vou de partida amanhã, Corre corre, Habib Izar era um rapaz feio que de tão magrinho não podia levar peso nem mascatear e trabalhava de dia no balcão da luvaria do português e de noite na tipografia, do pouco dinheirinho que ganhava mandava quase tudo para a mamãe dele na aldeia, ele estudou por conta própria e sabia escrever tão bem que foi aprendiz de calígrafo em Damasco mas aqui não usavam muito a caligrafia então ele trabalhava na tipografia chamada Perseverante onde imprimiam jornais paulistanos e ajudava por uns trocados tio Naim, escrevia com sua bela letra os escritos de tio Naim as saudações, as despedidas para os grandes da colônia, uma coisa importante ou uma coisa muito séria, tio Naim recebia a encomenda e dizia Amina minha flor-de-lis nada disso é importante somos tão pequenos, sem os calígrafos os árabes estariam até hoje escrevendo em grego disse Habib Izar e disse, seu mestre em caligrafia era tão prestigiado em Damasco que recebia o mesmo peso em ouro do livro que acabava de caligrafar, com esse mestre Habib Izar aprendera os tipos de caligrafia e que as letras árabes eram as mais completas e belas do mundo, não simples letras de sons mas desenhos da alma do povo.

Desenhos de Sentimentos

Desenhos de sentimentos e Habib Izar falava sempre da arte da caligrafia apaixonado feito uma mulher e de outras artes numa poligamia síria ai siriozinho tolo, Habib queria ser pintor e fazer retratos em miniatura de pessoas, para que tanta coisa? se bastava uma para encher o tempo da vida e ainda fazia falta o tempo para tanta aprendizagem, quantos mil tipos de dança eu ainda não conhecia? e ele não tinha dinheiro nem para comer quanto mais estudar essa arte toda e desenhada com pó de ouro hahaha o idiota e ficava escrevendo mesmo o alfabeto dos ocidentais pedacinho por pedacinho na tipografia Perseverante hahaha lalala tão sem beleza e espiritualidade hahaha uma vez ele ficou me olhando e disse Tolos são aqueles que pensam que as coisas mais importantes são as vestimentas os enfeites e os espelhos e fez um brilho reprovante criticante no olhar que ele aprendeu na igreja a desprezar as mulheres muito femininas ele acha que são perigosas como um abismo hahaha huhuhu Aqui este dinheirinho Habib Izar, senta e escreve uma carta para mim com a tua mais apreciável letra, Para quem? Cala tua boca e escreve no envelope Ao mascate, não não hmmmmm Ao senhor Chafic, Prezado senhor, Chafic de quê? Cala tua boca, só Chafic nada mais escreve a carta, Prezado senhor, não, ehhh Amigo senhor Isso não é usado, Então como? Carta de negócio ou carta de amor? Ai cala a tua boca, escreve, Senhor Chafic esta carta esta carta esta carta ehhhh aiiiiii espera espera e corri debaixo do travesseiro ao livro *O jardim das carícias*.

Jardim das Carícias

Escreve Habib Izar, Senhor Chafic, estais vós no vasto mundo portanto sabeis que tudo não passa de um grão de poeira no espaço e toda a ciência dos homens se resume às palavras, que o povo e os animais dos sete climas são sombras e o fruto da nossa meditação perpétua é o nada! Ai lindo lindo madamezinha, mas isso é uma cópia, Cala tua boca Habib Izar, ninguém vai de perceber nada, Senhor Chafic, eis que nos vemos unidos por um destino comum e sem sabermos o que o futuro nos reserva, mas o que deve de nos acontecer está escrito e não podemos fugir ao nosso destino, os homens à deriva roem as madeiras alucinados de fome e contemplam os tesouros de ouro e pedrarias que pilharam à sua própria vida e choram com as mãos crispadas sobre um lingote, os abutres voam finalmente em círculos e poucos homens percebem a verdade, levados pelas correntes entregues à incerteza e perdem a memória, e a fome lhes dilacera o palato e o estômago Ai isso não escrevo, Cala tua charamela e escreve, Mas vislumbram, Ahhh ouve isso mas não escreve, Aposto metade do meu reino e de minha bunda como tua vara não é mais comprida do que um cu de borboleta! Hahaha Aiiiii Habib Izar ficou rubro vermelhinho tossiu Madame! Continua, Senhor Chafic vendeis fogos de artifício? Sois melhor que os outros mascates que vendem panos, haha sim, pele suntuosa, trazei para mim deste fim do mundo, senhor Chafic, um móvel esplêndido, único no universo, chamado *inthora*, Com saudações da vossa escrava e senhora Madame Amina Salum.

Pés Queimados

Tenura trazia e levava notícias, O velho cego quer saber madame, eu não aparecia para ler os livros, nem comer doce mas numa tarde a escada rangeu e tio Naim subiu, entrou com a bengala e mandou o menino guia sair, Senta tio Naim, levei tio Naim ao divã e sentei do lado, Como foi a dança na festa de Antonio Salim? Ai não fui tio Naim, Dor de barriga minha caramelinho? Precisa de dinheirinho minha sobrinha? gosto de gastar meu dinheiro com roupas e pulseiras colares brincos véus fitas perfumes espelhos estou guardando dinheiro para trazer Feres e Fuad mas não consigo guardar nada, eles escreveram que não querem estudar nem ficar no exército de ocupação E o que aconteceu Amina que desapareceste? falei de meu sonho andando para lugar nenhum, a areia queimava os pés, um rio me levava, do meu medo de fechar os olhos e papai entrar pela janela e me levar para um mundo escuro e que sentia falta de minha avó Farida, que eu não tinha mãe e que pai eu tinha? e o que ia ser de mim? e se o rio me levasse? tio Naim ouviu calado e disse no fim que eu esquecesse o medo, esquecesse os sonhos, os sonhos não queriam dizer nada, Quem quer, Amina, ser feliz, esquece o passado, Ser feliz é apenas esquecer o passado tio Naim? e ele tirou do bolso uma corrente de ouro com pingentes de pedras, Para ti Amina, era da minha avó, vale muito dinheiro Amina mas vale mais pela lembrança, Não é ruim lembrar tio Naim? Nem tudo, Amina, essa é uma coisa boa de lembrar, minha cabritinha.

Tristeza Noturna

A bela advertência de esquecer apenas deslizou por mim, bastava apagar a luz e Chafic aparecia na sombra, no restolhar das folhas, no rumor das águas do rio, nos gatos vagabundos que vinham comer ratos ou lamber os pratos de comida de noite na cozinha, ouvia barulhos de passos pela casa, dormia sem apagar a luz mas o querosene acabava e eu acordava no escuro e gritava aiiii chorava as mais tristes lágrimas noturnas, dormia tão mal e ficava tão cansada que tio Naim perguntava, o que estava acontecendo comigo? até um cego percebia, hahaha zombava de si mesmo, devia eu de ir à igreja rezar que a religião servia para perder o medo, a minha religião maronita servia para ir perto dos outros, o eremita vinha alimpar o coração que pega fogo, Muitos fogos são de artifício os fogos de artifício cintilam e logo apagam, ele sabia do meu segredo, a arifa cara de ragu barbilhão frito arrieira de burro pato cozido na banha astrolábio de sete faces sabia e contara a tio Naim meu segredo de Chafic, chorei nos seus joelhos, ele passou a mão nos meus cabelos Ai tio Naim sempre fico assim quando chega carta de papai, cadela e brava filha de cadela brava não havia em meu corpo um pelo que não fosse impregnado de um jorro de esperma anônimo filha de uma adúltera cadela entre as cadelas dos árabes maldita infiel adoradora da carne, Não fica triste, queixumes, fogo lastimável, buquezinho perfumado, a sombra fresca propícia ao repouso, há sempre um proveito na aflição, o coração tem seus impulsos, não devia eu de ficar em casa feito uma flor de estufa lembrando lembrando.

PARTE 7

Al nahal

Fellah de Visita

Fumava eu deitada no divã, gostava muito de Murad, tabaco forte, dançarinas fumavam cigarro, umas dançavam com cigarro, mulheres gostavam de cigarro, no deserto fumavam cigarro, cigarro fazia fumaça de embaçar a vista e ver outro mundo, fazia assim ffffff seduzir o homem, com o dedo na boca e lábios para soprar a fumaça, cigarro fazia sonhar, sonhava deitada no divã olhando a cortina e parava tragava soprava, o vento na cortina trazia o nome dele, Chafic, por que existia sua presença a não esquecer? Chafic, não esquecer nunca, muito parecido com mascates todos que faziam sombra de roupas pretas cabelos e olhos pretos sobrancelhas peludas que pareciam lagartas pretas olhos de veludo preto, mas suas particularidades? por que me fazia pensar todo o momento do dia nele e da noite? podia ser ladrão muçulmano italiano grego ortodoxo podia ser todos os perigos para uma mulher, podia ser avarento vagabundo de bilhar e cerveja podia ser um boêmio do Acadêmico, do Schortz daqueles carregadores em mangas de camisa aqueles amadores de cocotes fogofoguinho, comedores de açúcar da Nagel, do Java, podia ser frequentador do ervanário do Mercado, podia ser tão pobre quanto um cachorro sarnento ou tão rico quanto um califa das mil e uma noites, estava nu, eu sabia que ele viajava ao Mato Grosso de aldeia em aldeia sabia que no Mato Grosso havia árvores vermelhas, era um sonho e no sonho eu podia fazer o que quisesse, sonhava com ele, ele me beijava na boca quando a escada rangeu, subiu alguém e bateu na porta, abri, era um velho, os dedos tatuados de azul.

Velho

Tirou o chapéu com respeito, disse só Salam, não quis sentar, um fellah de mãos muito magras e dedos compridos, mas boas roupas, boas até demais, bengala castonada de prata, olhos fundos e brilhantes, pele tão encarquilhada que parecia casca de árvore lembrava um pouco meu jido, vovô era mais alto e curvado mas o desconhecido fazia o rosto do jido quando iluminado por um fogo do fogão contava parábolas e dizia um mathal ao forno, o velho cheirava a perfume de óleo de sésamo e tinha anel de prata no dedo, perguntou se era eu madame dançarina das festas, que eu era muito nova para ser boa dançarina ele vira ghawazee inesquecíveis no Egito, ele ia casar a filha, os noivos pediram dança e música na festa de casamento e as melhores comidas ele ia gastar todo o dinheirinho dele mas pagava bem, eu não me preocupasse e pagava em dia, dançou pagou, dançarápagará, As dançarinas são permissivas, ele disse, Quem precisa do cachorro diz a ele Bom dia Excelência! falei e o velho tirou um lenço do bolso, enxugou a testa, tossiu, guardou o lenço, uma grande festa com mais de duzentos convidados de toda a colônia e ia durar três dias e três noites, Min fadlika! tirou do bolso um saquinho sujo puído lotado de dinheiro trocado amassado embolado, contou e recontou uma parte, viu mais duas vezes se estava dando a soma errada, metade do dinheiro o resto depois da dança, Min fadlika! pagava e dava comida, podia eu comer e beber de tudo, dormir na cama da casa, cama boa de pena de ganso e travesseirinho.

Al Nahal

O velho seldjúcida velho pai do resgate mameluco báhrida sultão kharakânida sacudia as notas de dinheiro no ar e falava olhando se meu olho brilhava ou seguia o dinheiro, aquele dinheirinho seco mirrado, eu coçava o queixo e balançava o pé olhava o teto, impaciente de sua fala astuciosa, não conhecia eu as manhas dos camelos compadecidos de suas misérias de ouro? aquele bandeira negra rustêmida fatímida, aquele saladino abássida, e ele disse que não trazia nenhum presente para mim, Visita que traz carneiro quer dinheiro, hic hic cof cof, Visita que traz presente quer levar tudo da gente, era viúvo e tinha uma filha só, amava a filha, uma moça triste, que eu levasse roupa e muito da bonita, me ia fornecer babuchas macias saia de tafetá peúgas de algodão, uma camisola de dormir, toalha de banho e perfume, não me preocupasse do caminho até a chácara, no domingo me vinha buscar uma charrete, mandava homem de confiança, assim sem falta ia eu, nem atraso, dança do himeneu, podia fazer baladi do Egito ou dança de Morgiana ou de Fatima ou a que quisesses, cantasse belas cantigas e de letras abençoadas, havia contratado os músicos, três, para tambor de mão alaúde, nai e disse na sua voz fina, com o dedo apontado feito ameaça, dedo triste, tocador de esquisitice, tocando solos em riste, Menos a dança do al nahal, ouviste? a última coisa que fez o velho foi sacudir mais uma vez seu miserável dinheirinho e estender a mão como um carroceiro dá um tablete de açúcar a um cavalo.

Caminhos na Cidade

Na véspera, preparei a roupa da dança, as pulseiras e colares, os címbalos, o pandeiro, cigarros, acendedor isqueiro, escondi meu dinheirinho amarrado num lenço, comi charutinhos de repolho hmmm e pão que o doméstico de tio Naim deixara na cesta ao pé da escada, esperei, de manhã a charrete chegou, o homem de chicote na mão me ajudou a subir na charrete, tinha nojo de pegar minha mão e depois de segurar minha mão passou a mão dele na perna da calça como estivesse suja, jogou a maleta dentro da charrete, quando a cidade de São Paulo ficava coberta de lebrina ninguém via os dois rios, o Anhangabaú saía do Tamanduateí o carapapaú do pataruateí, nem os telhados da catedral, dos conventos, da Academia de Direito, o coruchéu da Tesouraria, o aranéu o cirenéu o gaibéu o jacaréu o chichisbéu o galindréu da papelaria, mas era uma manhã limpa e se podia ver longe, as casas, janelas fechadas, o bonde vazio de passageiros sem aquela gente dependurada feito bananas nos cachos, um senhor numa caleça entrou pelos caminhos do arrabalde onde ficavam as chácaras dos ricos, mulheres na rua em bandos no rumo da igreja sozinhas, quando cheguei aqui não se via disso, só italianas e alemãs andavam na rua, ou as lituanas de nariz grande e língua presa da casa na ladeira do Carmo que saíam na rua, as alemãs saíam para suas mâdrassas elas aprendiam a tocar piano e matemática e bordados e poesias e culinária, as paulistas ficavam em casa e apareciam na frente de um estranho só para servir chá e saíam para rezar na igreja acompanhadas.

Torta de Creme

Na procissão iam escondidas nas mantilhas negras feito as operárias levando feixes de pau na cabeça ou uma pedra e vertiam sangue da testa mas por baixo das mantilhas negras diziam que elas usavam vestidos de gorgorão amarelo, vestidos grená com rendas, vestidos de seda azul-celeste e que elas iam à noite ao teatro mas só quando eram dramas decentes, comédia não e no teatro iam comer torta de creme nas salas privativas, as meninas iam mandadas para o seminário da Glória no beco do Sapo ou para o colégio de Knupel ou a feminina de Molina e as alemãs para o Instituto Alemão, ou o externato São José para as ricas, e as moças para a escola Normal no sobrado na Boa Morte, as alemãs desfilavam na rua nos dias de suas festas feito oficiais da guarda prussiana e elas falavam alemão e diziam que eram ásperas e de voz retumbante, havia muitas escolas para moças, a escola Pública do Sexo Feminino na rua do Aterrado de Santana na Ponte Grande, mas se não era católica a moça não podia ir à escola, havia as caixeiras amáveis que serviam nos gabinetes familiares do Terraço Paulista, as armadeiras de anjos com asas nas ruas, as operárias, índias cozinheiras e uma vez fui comprar açúcar-cândi no quiosque, atendeu uma moça, não uma negra nem morfética nem embuçada, mas uma de cachos dourados e lábios como um fio de escarlate, uma gazela e cerva do campo, uma pomba nas fendas dos penhascos, mas vestida com uma roupa que parecia lavada trinta mil vezes no rio da pocilga arre.

Cuscuz Cubus

Um mascate batia o metro de madeira na canastra para avisar que passava tlactactac uma porta se abria aqui outra ali tlactactac cursistas da Academia voltavam da noite de farra, calouros iam para o Hotel das Famílias, o sobradão bem na frente do Mercado Municipal, ambulantes na porta da igreja vendiam cuscuz cubus crucrucruz pinhões nhõenhões mindobis anis codorniz chamariz lambris liz petigris nariz verniz triztriz brisbriz criscriscriz a fumaça dos fogareiros arhtch ufchtch os odores das lambiscarias se misturavam com o cheiro repugnante vrghfrgbhtf do matadouro argh passou na rua um negro com jacás, um sorveteiro cantou Pras goela refrescá E as paquera retemperá, nunca fui ao outro lado da cidade, vivi sempre pela várzea do Carmo feito as rãs, ainda estava conhecendo a cidade, até grandinha, a cidade no mistério da sua concepção, disse tio Naim, as cidades grandes tinham em si o paradoxo do ládano ao mesmo tempo belo e fedorento hahaha lugares onde se alojavam coisas superlativas e exóticas, as diferenças se tornavam iguais a proximidade afastava, o feio era bonito a realidade dissimulada pelas paredes, no Jardim da Luz as árvores exóticas as aleias de plantas indígenas, arbustos trepadeiras, diziam que de noite entravam no Jardim da Luz ladrões para roubar plantas raras, a torre estava ali e servia de observatório, puctpuct o seminário episcopal, a estação, o trem parado, um movimento de passageiros puct até que a cidade era linda, parecia uma enfumaçada sorveteria.

Ya Cemil

Esqueci meu retrato de fotografia, coisa que só gente rica podia fazer mas eu tinha um de pandeiro na mão fingindo tocar, gostava de levar a fotografia onde fosse pois me dava felicidade e via meu rosto, o rosto que ia sobrar de mim e nada mais, no que ia eu me transformar quando morresse, um pedacinho de papel pintado por cima das químicas porque de tudo restava um pouco, a lei do mundo, veio em mim um mau augúrio quase pulei da charrete, soprava um vento frio, segurei meu chapéu a charrete sacolejava feito as dos italianos Porchiiiii, passamos pela rua Municipal, entramos na Imperatriz, paramos na Sé, passava o bonde, o café Girondino ainda vazio a igreja de porta aberta o mendigo dormia na entrada, a papelaria da esquina, fechada, o charreteiro bateu palmas e esperamos, apareceram os músicos com seus instrumentos enrolados em panos de flanela coloridos, eles subiram na charrete e seguimos para a festa de casamento, consegui acender um cigarro, entramos na rua da Caixa d'Água, passamos na frente daquela casa de banhos onde os rapazes comiam bife húngaro e tomavam vinho húngaro, a charrete quebrou pela rua Direita subimos a São Bento que depois virava Constituição, os músicos desenrolaram os instrumentos e tocaram, as pessoas saíam das casas, apareciam de camisão nas janelas, olhavam e ouviam, Ya cemil ya cemil halaiala, o tambor tactactactac tatacta, na praça da igreja de São Bento homens passavam com cadeiras na cabeça feito uns grandes e ridículos chapéus.

Arifas e Jacás

Trabalhadores das diversões passaram em carroças vindos dos ranchos modestos e casebres do subúrbio, chegando de Santos com mais uma leva de imigrantes uma locomotiva cortou a cidade deixando nas nuvens seu rolo de fumaça espiral, movimento matinal, umas arifas iam à compra no Mercado Municipal, carroças de frutas e verduras, o leiteiro passou no carro da Coachman's Cremerie, eu tragava a fumaça do Murad e pensava em Chafic, fumaça e música me faziam pensar em Chafic, procurava Chafic na rua entre os mascates que iam para a estação, o fantasma de Chafic passava sua mão gelada nos meus peitos, a língua gelada de Chafic nas minhas tetas uiuiui vento frio Chaficchaficchafic diziam as rodas do trem tremtremtrem um sino tocou, haialaialaiala bati palmas acompanhei a música, a cidade de São Paulo era muito triste suja pobre não havia palácios nem parques grandes como na América mas também não havia desertos e trens para lá e para cá nem comida em lata, diziam que Brasil era um país grande, mas parecia que além de São Paulo tudo era deserto, havia muita água por isso todos viviam aqui e não havia turcos no governo, cada um podia ser dono de um palmo de terra, mas eles aterravam os rios daqui para fazer ruas e um dia iam se arrepender de ter desviado os rios e a província ia virar um pântano hahaha, o trem na estação, preto e vermelho sujo de graxa e carvão, os paulistas se conhecia de longe, viajavam de guarda-pó branco pareciam umas poltronas velhas, eles não se ocupavam com mais que apurar a elegância e fumar abanados pelos negrinhos.

Cozinha do Vilino

Mulheres nas ruas usavam mantilhas escuras até os ombros, serviam de chapéu e xale ao mesmo tempo, como pequenas operárias, mas por baixo das mantas negras diziam que elas usavam joias de ouro e roupas de seda francesa ou lã inglesa, por baixo das roupas usavam camisas de linho e anáguas rebordadas ou de renda de blonda e mesmo as arifas delas andavam adornadas de joias e mesmo as mestiças e negras que eram escravas, a charrete seguia, as casas iam ficando raras, cada vez havia mais terrenos baldios, passavam chácaras ricas, carros cintilantes nas entradas, o charreteiro dobrou por um portão, uma aleia de flores, parou na frente de um vilino cercado de jardins onde estavam paradas charretes cavalos tílburis, uma família em roupa de festa entrou no vilino, Chegamos madame, todo o mundo nas janelas para ouvir os músicos barulhentos, um homem nos levou para detrás da casa e entramos pela porta da cozinha, diziam que nossas cozinhas eram sujas nossas panelas pretas e as travessas mal-lavadas, que as nossas crianças passavam a sujeira das mãos nas paredes, sujas, mal-lavadas, pretas e o chão ficava de restos nojentos mas a cozinha do vilino era um paraíso como um celeiro de novidades, o fogão preto de tanta fuligem e as paredes pretas da fumaça mas as panelas de um cobre brilhante vermelho dourado, as cozinheiras para lá e cá entre maços de ervas frescas, do teto desciam os cordões de alegumes dessecando e defumando, nas prateleiras a fartura da casa, potes de manteiga, de laban, de pepinos, de pimentão.

Castelo Armado em Açúcar

Carne em pratos vidros de azeitonas sacos de trigo e lentilha e grão-de-bico, panos enrolados secando coalhadas as réstias dependuradas as pétalas de flores o almíscar, um perfume estranho e antigo de me fazer voltar a minha aldeia sem sentir, fuligem, velhas para lá e para cá galinhas mortas um pavão morto um porco morto um castelo armado em açúcar bandejas de doces aos milhares umas cuias peneiras favas sangue numa gamela orangeade granadine liqueur dois fogões de ferro panelas douradas vermelhadas mulher esmagando gergelim, até mesmo cereja-brava secando hmmm onde conseguiram máhlab? ai a cozinha da vovó a cozinha da vovó nátef, ainar, pó socado perfumado especiarias dibs rumman uvas verdes folhas de uva, kichk ao sol, snúbar, sumac meu reino arre o lugar da casa, o lugar do mundo onde uma mulher se pode sentir a si, sem precisar dos machos árabes, na cozinha eles são ajudantes, Abduhader traga o azeite, Feres e Fuad ajudem a cortar os tomates, depressa meninos, uma diária magia uma ciência uma arte o que seja, que os nossos corações fêmeas são especiarias de muito longe, nossos olhos ameixas de Balkh nossos seios pêssegos de Khulane nossas línguas tâmaras do Iraque e cozemos em molhos os desejos dos homens e enchemos seus ouvidos com faludaj mais doce que o mel hmmm e se os turcos nos dominam e nos ensinam suas mesquinhas conveniências e suas seitas mais ardidas, resistimos com a nossa língua e a nossa culinária, também a música e a dança haialaia.

Casa Cheia Casa Vazia

A uma mesa estiravam massa mexiam cortavam batiam nas panelas espetavam faziam bolinhas, as mulheres me olhavam riam, uma cabila de toalha amarrada na cintura sussurrou no ouvido da outra, veio o velho fellah de dedos azuis e mandou uma moça me levar para cima, ela me guiou por um corredor, a casa cheia de gente, eu ouvia as vozes mas não encontrava ninguém como fosse levada por uma passagem secreta, luzes muito fracas e raras, cheirava a manteiga e fumaça de lenha, cortinas de desenhos árabes cobriam as janelas, ouvi conversas e risadas, barulho de copos tilintares de talheres subimos a escada, móvel nenhum na casa, só uns tapetes, uns baús, conversas por detrás das portas fechadas, frestas se abrindo para gente me ver passar, a moça abriu a porta de um quarto com cama de dossel meu coração gelou que podiam ser muçulmanos, não havia uma cruz, uma santinha nada, uma mesinha de cobre com bule e copa e ela disse, Ali madame, pode descansar, depois a ceia, ficar naquela casa de gente estranha era como entrar num sonho, tudo pareceu irreal e real ao mesmo tempo o tempo correu diferente se é que existia tempo, ver pela primeira vez uma coisa ou outra, ocupar um novo lugar, sentir o novo ainda em pedaços juntar pedaços e detalhes até formar a realidade, como ver um sonho sabendo que era sonho, as madeiras por serem desvendadas guardavam segredos e histórias do passado, os vidros traziam os cheiros, as poeiras do outro país em tudo diferentes de mim, de aldeia para aldeia havia abismos feito de pessoa para pessoa.

Sândalo Patchuli Alfazema

Quem vai casar? O mascate Abraão, madame, fiquei pensando porque riu e ficou vermelha feito uma beterraba ao dizer o nome mascate Abraão, ela saiu e fui olhar na janela a rua, a frente do vilino, balaústres cornijas decorações em estuque e estatuetas coloridas, a casa cercada de campos e jardins, um pomar ao lado, a alameda de flores, os carros chegando as famílias libanesas ou sírias de toda a colônia chegando com embrulhinho nas mãos, os homens de chapéu enterrado na cabeça fazendo de homem de cartola da rua do Quartel, as mãos enfiadas debaixo dos braços, de frio, as crianças saltitando em aventais e laços na cabeça, as melhores roupas todas ali, o padre Nahul chegou em um tílburi, sentei na cama hmmm macia um rastro de perfume no ar, um quarto amplo claro forrado de papel pintado de flores azuis, móveis de madeira tapetes macios uma cama de dossel lençóis de linho travesseiros de cetim, o quarto negro vivia dentro de mim e então eu estava ali naquele quarto de flores azuis, fora de mim, real perfumado, eu podia tocar a maciez das coisas, pisar o tapete de damasco passar as mãos nas cortinas acender a luz dentro da manga bisotada do lampião, mais de uma dúzia de vidros no toucador sândalo patchuli alfazema, a moça voltou com uma panela de água quente jogou na bacia a água, ajudou a tirar minha roupa esfregou uma cortiça nas minhas costas tirou a poeira da estrada me enxugou e ajudou a desembaraçar os cabelos, perfumou, trançou umas quatro tranças.

Diabinhos

De pulseiras me adornei e ela saiu, voltou com uma bandeja, trazia mufarraki quibes laban bikiar hmmm disse Sahtain, Para o seu coração menina, senti alegria e mil diabinhos azuis dançavam no ar quando comi mas lembrei da borra de café no fundo da xícara que olhara para saber da festa de casamento, eu sabia, todas as coisas são tributárias da decisão do destino, por onde poderia fugir eu a ele? que me cavalga o coração feito a uma besta atormentada, a borra de café, que fizera eu para ver a festa, me fizera saltar o coração, era a sombra de um homem, ia entrar um homem na minha vida, ele ia entrar feito flecha que entrava na força do movimento, no ímpeto da ferida, ajoelhei e rezei ao deus dos maronitas, ao patriarca pedi me olhasse, alumiasse a alma, de não fazer eu nenhuma tolice, das que costumava fazer, ouvi então a música, a nai o alaúde o tambor, ardeu meu peito uiuiui, bati os pés, as mãos, haialaialaia correram duas arifas no quarto, madame madame está na hora, me ajudaram a vestir a roupa, atar as mais tornozeleiras e colares, cintas de moedinhas douradas, trlin tlin tlin, os címbalos nos dedos tac tac tac tac elas se alegraram, bateram palmas, sorriram demais, Que linda que linda! O noivo amarradinho, ha ha ha desci as escadas tilintando descalça entre as tantas de pessoas a maioria homens, mascates, uma mancha preta de gente macho, chapéu na mão no peito taça na outra, mastigando falando rindo, muita gente maronita, abriam passagem, riam, a dançarina a dançarina a sobrinha do cego Naim.

Dança no Deserto

Os homens de paletó preto as mulheres de cetim trunfa de seda saia de cássia fina tamancos de veludo ou saia balão e tundá, as mais novas de vestidos claros e ramos de flores nas cabeças, a noiva de um véu maravilhoso velando o rosto, se não era bela seria de um mistério amoroso, uma ou duas famílias de muçulmanos as mulheres de xador, no salão as mulheres da cozinha trabalhavam a uma grande mesa coberta de toalha bordada de flores, comidas e bebidas fartas sobre a mesa, umas moças dançavam dança com lenços que uniam aos rapazes a música alegre haialaialaia o velho jido sentado na cadeira do lado da noiva, uma cadeira vazia do lado, a mãe morta da noiva sentava ali em espectro, o noivo onde estava? o velho jido apoiava as mãos na bengala, ar de orgulhoso, o padre Nahul contou uma história engraçada, o jido velho riu mas sem tirar os olhos de vigiar a festa, abriram uma roda para eu dançar, vieram mulheres homens crianças velhos velhas todo mundo ver, dancei, a noiva alevantou e dançou comigo, dançava eu lembrando do meu sonho embalado na música risadas ruídos de cavalos cachorros risos palmas talheres eu andava no deserto de areia da Síria a areia queimava meus pés a poeira alevantada pelo vento quente corria para todos os lados, crepúsculo de cores dramáticas, despontavam pequenas aldeias no deserto casas de barro aqui e ali adiante uma choupana solitária tudo abandonado, então vi o noivo, vi o mascate Abraão, eu para ele punha fogo em seus olhos e isso atrai a mulher.

Mahtab Raio de Luar

E se via a alma com toda sua luz, não se pode ver a alma sem nunca se esquecer dela aiaiala o que pode a vista fazer haialaia no talhe de um caniço hum hum tac com sua habi-tac-tac-lidade conduzir o semelhante tacumcum para o semelhante, e terminada dança de Morgiana brilhava o rosto do mascate Abraão, os mais umas palmas mortiças uns risos contentes havia antigamente uma bailarina Raio de Luar, Mahtab, uma obra-prima de beleza fazia parte de uma companhia de dança viajava em cadeirinhas sobre camelos, Mahtab se embriagava de uma bebida forte antes de dançar, experimentei uma vez tomar duas taças de árak antes de dançar para meu espelho, dancei como um macaco vestido de roupas suntuosas numa soirée cigana, os espetáculos de Mahtab não eram apenas dança, havia canto de músicas com letras eróticas muito excitantes Duas bocas se beijam laialaia boca encostada na boca laiaia língua na língua e a mão dele entre as pernas dela laialaia juntos ele em cima dela um cavalo morde a crina haialaia ele detrás dela um cachorro na cadela laialaia, ópio vinho nas festas de Mahtab ou versos clássicos e em sânscrito, às vezes uma cerimônia de magia e ocultismo às vezes coisas que faziam nas casas de malícia, Mahtab avançava flutuando com tanta beleza que se não percebia nenhum esforço em seus gestos, ondulava os braços serpentes girava inclinava o corpo para trás agitava os quadris hailaili laihai seu corpo parecia não ter ossos, os homens enfeitiçados nem lembravam de fumar, os bêbados ficavam retos.

Pele Cabila

Ai quer sabe? Eu vai, tomei duas taças de árak e voltei ao meio da roda, vendei os olhos dos músicos, não sabia o que ia dançar, não sabia mesmo, não tinha a intenção de dançar a al nahal, mas por que então vendei os olhos dos músicos? e dancei fechei os olhos e vieram os camelos famintos na areia da Síria a pelugem ferida mulas mortas cobertas de poeira cães que pareciam chacais que vinham à noite aterrorizar com o uivo aaauuuuuu carcaças de asnos camelos mortos risadas de camelos comidos pelo rakham ukab amarelo abri os olhos e vi os mascates no casamento jogaram dinheiro aos meus pés eu pisei os dinheirinhos eles perfumados e penteados ceroto no bigode after-shave, assim? oriental charmer? Turquish entertainer? o mascate Abraão paralisado nunca poderia esquecer o rosto dele, fui de um a outro lado no kanon, pandeiro, nái fazia ele virar a cabeça, um cachorrinho olhando sua dona, veil violeta correntes tauxiadas correndo minha pele cabila, fazia ele olhar meus braços e mãos e pagar a peso de ouro sua fraqueza sem ter piedade dele, dançarina de nenhuma maneira pode responder por palavras, assim com a dança como sei de falar, sua aparência era mais de idolatria que de verdadeira religião, daqueles que vestidos de pele de carneiros são raposas, trazem por morder os dentes, por atacar, facas brancas escondidas nas botas, homens hmmmm haialaia alguns feitos de coração de ouro ou de lágrimas, de laban, de refresco perfumado, de água de rosas, de samnem mufaise arre Dia quente manteiga derretida.

Força de Marabutos

Até os judeus nos chamavam de turcos arre irra eu sabia que tinha feito mais uma tolice daquelas arre de sempre arre uma moura-torta a noiva correu da sala o fellah furioso vermelho de raiva mandou parar a música e jogaram uma toalha em cima de mim nela me enrolei, disseram que eu estava nua mas eu não estava nua, nem bêbada embriagada, pela força de seus marabutos, disse tio Naim, os libaneses ensinaram aos ocidentais as cavalgadas noturnas o amor aos cavalos, a roubar cavalos a usar alpargata de tira entre os dedos, ensinaram a usar o pandeiro a prear rebanhos a secar frutas açucaradas a deixar longas unhas esmaltadas, o cuscuz os pátios no meio da casa com repuxos frescos o arroz-doce os líquidos que fazem brilhar os olhos as tintas para as sobrancelhas os leques os guarda-sóis as reixas das janelas as torres das igrejas dintéis molduras de janelas sofás baixos palanquins e ainda os sarracenos construíram a igreja de Notre-Dame, disse tio Naim, que mal fazia dançar? foi diante daquele mascate, as mulheres a morder os dedos, por força de seus marabutos, um menino veio dizer, Que eu te sirva de vassoura aos pés madame, e riram de mim, os olhos do mascate Abraão cravados em mim feito facas, o velho jido lançava fogo pelos olhos, a noiva não gostou e saiu, dancei até o fim a al nahal na largueza das carnes e os homens foram ficando bêbados daquilo, o mascate Abraão saiu atrás da noiva para consumar o casamento e fiquei com o coração partido daquilo tudo, mas foi uma alegria e música e tudo se esqueceu depois.

Narceja

O padre, sua figura de narceja, grou preta, na frente da casa menos carroças mas a música ainda tocava alegre, pessoas dançavam no pomar mascates perfumados iam embora em bandos de pássaros negros sem os embrulhinhos nas mãos, uns estavam bêbados, eu embaralhada um com o outro lado de mim, de medo de mim, senti frio, peguei os címbalos o lenço o dinheirinho o pandeiro ouvia as risadas os barulhos de copos talheres larihahaha ihala ulaha uha as vozes ali vinha o padre língua amolada na pedra, aiaiaia sei que as coisas mundanas são desprovidas de alma mas a vida tem de oferecer uma distração além dessas tristezas e para mim a dança ela oferece, quando termino a dança tenho por mim que estive voando e sou sonho de outro mundo leve e acima de tudo, o que deve de sentir a ave quando pousa, o padre na fumaça, hahaha aquela que derruba os edifícios e separa as assembleias hahaha, lá vinha o governador do Cairo, hahaha vida mais amarga do que aloé e mirra hahaha virgindade virgindade dizem que temos nos ombros dois anjos sentados, um assoprando nas orelhas o bem e outro o mal, Marhba marhba que meu coração seja vasto para te acomodar o padre cheirava a mofo e café, Ó Ismael patriarca dos árabes filho de Abraão que Hagar egípcia serva de Sara lhe deu à luz ó pai de Nebaiote Quedar Adbeel Mibsão Misma Dumá Massá Hadade Tema Jetur Nafis Quedemá protegei esta tua rebequinha padã-arã aiaiai Deus do céu em nome do Pai do Filho do Espírito Santo amém.

Conserto do Desconserto

Que adiantava consertar o que não tinha conserto? Assim ia a nossa vida para trás, me veio falar o padre Nahul, e Aonde cai a palma? debaixo da palmeira! O céu nunca dá surra sem carícia, o padre Nahul me mandou pedir desculpa, um dia estava um califa passeando com seu sábio e lhe perguntou, por que a desculpa era pior que a falta? o sábio deu um beliscão no califa que indignado disse Insensato desde quando te dei tal liberdade! e disse o sábio, Oh perdoai majestade, pensei que fosse a vossa rainha, hahaha hic hic hic o padre Nahul riu segurando a barriga, Ismah lana nashrujah! e foi embora o padre, Ya noori tu és minha luz Inti helwa como és doce a dança é de encorajamento e fertilidade, de conquistar uma sogra mas também de afastar malevolentes espíritos, irra serve para alimpar nosso espírito a trance é assim, eu sabia de coisas da dança que me contara vovó Farida, ela viajou no Egito no Marrocos em Alger, viu trance, baladi, Fatima, sword dance em Jericó, cerimônia zaar ou gargabus ou stambali, dança de bem-estar que repete o sacrifício da jovem bela que seu sangue se transforma em flor vermelha que se dança girando sobre os pés paticatuuuu tuuuu tuuu tac tac, um altar de flores frutas velas acesas e matam uns coelhos e sapos, o passo deve ser ágil como pisasse em brasas, tudo o que se faz de tradição é sagrado, leve borrifo de água de rosas, o corpo um poço fundo onde os olhos dos homens devem cair sem poder se retirar, os nossos braços cordas que amarram a nossos pés serpentes que envenenam de prazer.

PARTE 8

Uma palavra clara

Mahdias Pecadoras

Abraão ficava na praça do Mercado Municipal com os outros mascates, canastras abertas no chão, mercadoria de todo tipo vendia para muita gente da rua 25 de Março e das vizinhanças, mastigava semente de abóbora e falava um tipo de português, perto dele tocavam música dolente cantada dos melhores levantinos, comiam quibe falavam alto, no café ao ar livre lotado tocava a banda turca e as pessoas comiam bolo, amêndoa torrada, tomavam café e bebidas açucaradas, Abraão nada comia nem bebia, negociava com os árabes, com os italianos nos quiosques cravejados de mosca, não se via mais tantos italianos por aqui, como antes, sumiam os italianos e os alemães pouco a pouco da 25 de Março afastados pela chegada dos libaneses que faziam concorrência, o mascate Abraão morava no porão de uma casa feito os ratos depois morou no sótão feito os morcegos, juntou dinheiro no comércio o fellah, depois trouxe sua família, ocupavam o primeiro andar de um sobrado, chegaram em São Paulo quando os libaneses eram novidade com a aravia Ahlanwasahlanwamarhabanrushidta mulheres gordas maronitas enroladas panos no corpo casacos compridos de pele de carneiro para frio do deserto mas aqui o frio não fazia como na montanha, mas fazia frio nas noites de inverno e chuvisco vinha do rio, traziam de pouca bagagem umas malas pequenas, feito os ciganos cantavam à noite uma cantoria de lobos na montanha, dançavam em volta da fogueira com lenços e adoravam a Lua, disse tio Naim, Viravam cabras?

Samnem Mufaise

Os árabes não faziam o trabalho dos escravos nem no cultivo nem nas fábricas, preferiam ser mascates como Abraão ou na manufatura, ferreiros oleiros calceteiros pedreiros carpinteiros, Abraão, um rapaz grave, ria pouco, falava com estrangeiro só para ofertar mercadoria, disse tio Naim, tinha vergonha dos seus defeitos de falar a língua, pensava apenas nos negócios, nada de festas nem jogos nem andava de mulheres, nunca ia à rua da Palha, não tinha mulher na orelha nem na telha, domingo Abraão ia se divertir na tenda de tiro ao alvo no Mercado Municipal ou assistia a macaco adestrado, tirava sorte no realejo para saber da alma da mulher, sabia decidir nos negócios mas para ele a mulher fazia o enigma do mundo e ninguém sabia o que compõe uma mulher, nunca saberá, nem das artimanhas, mas mesmo ali ele acertava negócios, um homem que trabalhava como se hoje fora o último dia do mundo e juntava cada tostão, deixava de comer para guardar o dinheiro mas mesmo assim não era magro, quando saía com a canastra nas costas lotada de mercadoria levava pão queijo banana para almoço e nada mais, cada dinheirinho que conseguia guardar fazia um passo no caminho de volta para sua aldeia, isso diziam seus olhos, Vou voltar, enxergava na frente uma estrada indo para as aldeias no Brasil e pensava que ia dar na aldeia onde nascera e os avós, lá enterrou a alma e coração de samnem mufaise, Dia quente manteiga derretida, Abraão vendia ninharia no Mercado, meia de seda para moça, tinha os irmãos e uns rapazes trabalhavam para ele mas ele ainda levava canastra nas costas.

Quinquilharias

Vendia agulhas ásperas vendia botões de osso panos de algodão de cetim vendia véus de igreja terços de rezar fitas de veludo, Um pouquinho disso aqui? Fatayer b'arich hmmm gostosinho meio apimentado mas Tenura fez com canela hmhmhmh E doce de figos secos? Hmhmhm fustuk halabi? Pistaches hmhmhm uma taça de árak o árak descia pela minha garganta ai queimando confortando ao mesmo tempo, imaginei o amor feito pelo mascate Abraão subindo na garganta talvez delicado talvez frio ou indiferente, disse a arifa de tio Naim, Tenura, que foi casada, os esposos procuram as esposas nas raras noites de lua cheia para livrar do estufado o instrumento deles nada mais e copulam a mulher sem olhar a cara dela, a noite é hora da tentação para a mulher, a tentação vem ao som de flauta uma serpente ondulando no escuro um calor cariciante que entra nas frestas das janelas das portas, sai dos corpos das pessoas adormecidas a serpente entra no corpo do outro semente triturada da flor do sumagreiro arde feito limão nas minhas pernas o meu corpo vai de carvão ardente a cinza fria, no livro das delícias vi a mulher ela beijava uma vara lebréus flores esporeando a haste de um homem hmhm cipreste iguarias maravilhosas, Quibe tio Naim? sob a mesa escravas sugavam o instrumento botão de rosa serpente volúpia meu corpo aberto aos mistérios de outra flor ai que confusão uma serpente entrava no meu corpo pelo portal rezei e pedi perdão por ser sensual mostrei a Deus minha carne entregue aos açougueiros zoroastrianos, por que dancei a al nahal?

Nariz Berbere

Tenura a arifa cantava suas letras lascivas arrumava a trouxa das roupas jogadas no chão ela lançava seus olhares de malícia feito guardasse um segredo O que é Tenura? Sabe o mascate Abraão? O quê, não sei quem é mascate Abraão Tenura e chega de falar agora vai levar a trouxa e lavar a minha roupa no Tamanduateí, dei um tapa nela Vai vai, ela riu, Sabe sim quem é Abraão sabe muito bem melhor do que ninguém o moço do casamento aquele do olho de brasa, Ah agora lembrei, o que tem esse tal de Abraão? Nada, não vou falar, segredo, corri atrás dela para bater, Diz logo sua criada de uma vil gota de água prelibada num lugar miserável ó monte de lama, filha da tolice tição ardente asna amarrada num mourão nariz de türük berbere mameluca fala logo e fala bem claro o que ouviu do mascate Abraão não tenho nenhum interesse nele mas já me deixaste curiosa, sabes que sou curiosa, Tenura riu, a mão na cintura e outra com o dedo apontado, Nem todo fruto redondo é uma noz, nem todo fruto alongado uma banana, nem tudo vermelho é carne nem tudo branco é gordura ó bela Aurora da Noite o que me ofereces por uma palavra clara? Hmmm dou hmmm dou um lenço, De seda? De seda, Tenura aceitou, Senta para ouvir Rabo de Formiga, Abraão fugiu, O que estás dizendo desgraçada? Fugiu madame, fugiu na mesma noite do casamento deixou noivinha dormindo na cama e shhhuitt foi embora, desapareceu, virou fumaça, até hoje não se sabe aonde foi o infeliz, e dizem que por tua causa, dançarina de al nahal.

Surata da Vaca

Só se falava disso no Mercado, os permanentes estavam atrás dele, um grupo de rapazes batia às portas das casas da 25 e nas outras casas dos imigrantes árabes perguntando por Abraão, o velho fellah cruzava a rua louco na charrete com rapazes e que levava uma faca afiada procurando o mascate Abraão e fora na casa de tio Naim e eu me preparasse, uns diziam fugira com joias da mulher outros que não, uns diziam desvirginara a mulher outros que não, discutiam se o pai da noiva dera ao mascate uma grande soma para desaparecer o pai tinha desgosto com aquele casamento mas nada se sabia, só de que virou fumaça fuuupt Fumacinha madame, bem diz a surata da Vaca, não se deve de esposar uma idólatra até que se tenha convertido porque uma escrava crente é melhor que uma idólatra livre, ele é maronita e ela sunita, Ora Tenura não sejas hipócrita tu mesma casaste com um grego, A surata diz, uma idólatra madame i-dó-la--traaaaaa mulher, Ai Tenura teu entendimento é um pane duro com salame Agora madame pode passar aqui o lencinho, dei o lencinho e Tenura apalpou o pano entre os dedos a ver se era mesmo seda ou falsa, pela janela o Tamanduateí corria suave ao longo da 25 de Março, um dia luminoso de ar limpo podiam se avistar nítidos morros delineados por a luz azul lilás do rastro do sol nascido, uma manhã cedinho assim tão limpa na São Paulo só podia de ser bom augúrio indício de coisa boa, fui à cozinha fazer café árabe mas na borra vi uma mulher com uma faca na mão.

Gatinha Persa

Deus nos deu o amor como a certas plantas deu o veneno, disse tio Naim, Mas por que tio Naim? Nunca saberemos o porquê das coisas Amina devemos nos contentar com o mistério devemos deixar a criação em paz quero dizer, devemos deixar Deus em paz, li naquela tarde poesias para tio Naim até anoitecer Abre a ti meu irmão para todos os perfumes a todas as melodias e todas as cores, beija, afaga todas as mulheres, Vinho vinho a jorro que ele ferva dentro da minha mente e salte nas minhas veias Taças e não diga nada tudo é mentira Taças, depressa, estou envelhecendo, terminada a leitura jogamos damas, eu movia uma pedra e dizia a tio Naim que pedra tinha movido, ele jogava como enxergasse, sussurrava palavras e dizia Sua vez minha macaquinha de seda, sempre assim, Minha gatinha persa, Minha cabrito, animaizinhos peludos macios, ele sempre me chamava assim por seu amor, eu esbarrava nas pedras e ele cego nunca esbarrava, fiquei pensando no quanto eu fazia tudo sem pensar, numa cegueira muito pior que a de tio Naim pior que a noite enluarada de neblina pior que o lento eclipse que durava trinta anos em que cada dia se via menos o mundo das aparências, bebemos xaráb muátar feito com leite gelado hmmm água de flor de laranjeira e mel, Tenura cantava na cozinha e tilintava suas pulseiras tlinq tlinq tinqlqlql o menino meio débil mental, doméstico, olhava o tabuleiro de damas tentava entender o jogo, a amorável tulipa da primavera, eia, taças taças, alaúde de cordas de seda, eu tentava esflorar o veneno do amor.

Signo de Salomão

O menino marcador passava na rua, passou uma mulher, Quer marcar madame? nome e coração cinco chagas sereia cobra na perna campa das conquistas escudo da República ou Monarquia no dia em que cheguei em Santos marquei no pé a metade de um coração para marcar a outra metade no dia de ir embora, agora eu queria ficar, para tirar tatuagem só leite de teta de mulher e sal de azedas, tatuagem era atavismo, ouvi alguém subindo a escada, abriram a porta sem bater com um empurrão e apareceu na minha frente o velho fellah e atrás dele dois homens, fazia calor mas ele vestia um velho casaco de pele de carneiro, um chapéu amassado, ele entrou e atrás dele os homens, sem pedir licença nem dizer bom-dia nem como vai os homens olharam atrás da cortina, Onde está Abraão? ele fez sinal para os filhos saírem, um deles desceu e o outro foi para a janela, Quer um café? um refresco de hortelã-pimenta? ele perguntou de novo Onde está Abraão? Onde está Abraão? eu não sabia, não sabia mesmo, nem lembrava mais da cara de Abraão em que um grão semelha a um mirto, lembrava mas disse que não, ele era um Iblis, um regatão de nada, achei que o fellah ia gostar disso na minha boca mas me arrependi de dizer uma coisa horrível de uma pessoa que eu quase nem conhecia mas foi uma compaixão para consolar o velho, ele suava e passava o lenço na testa, que eu não ficasse surda aos gemidos de sua filha nem a seu olhar afogado nas lágrimas, se soubesse de algo que dissesse em nome de Deus mais alto, Ai o que tenho eu com essa estupidez?

Feitiço

Ele disse que o mascate Abraão fugiu porque me viu dançar a al nahal e eu sabia muito bem disso, dançara com intenção de enfeitiçar Enfeitiçar aquele mascate barrigudo cheirando a suor de vender luva na porta de mulher? Parece que a lasciva sabe tudo da vida dele, No Mercado qualquer preta sabe, parece que ele é público, a fama que tem, A fama dele que tem é de igual que qualquer outro, Tenho ele aqui na palma da minha mãozinha se quiser, Ratazana se eu souber que Abraão está escondido aqui nesta miserável taverna de mutrube eu venho aqui te mato com as minhas próprias mãos ainda que isso me vá custar o inferno e ele saiu num vendaval vuuuut vuuut ai tio Naim não estava em casa Foi à igreja Vou à igreja Mas ele já saiu da igreja e Tenura me mandou embora, quando tio Naim chegasse ela iria me chamar em casa, dei um tapa nela para calar sua boca suja de uma mula ela devolveu o tapa e foi resmungar na cozinha, na janela fiquei vigiando a rua mas tio Naim não apareceu até de noite, o que era aquilo? demorar tanto na rua um cego? sábado era dia de não ir à casa de tio Naim ele nunca estava ou se estava a porta ficava trancada, uma coisa misteriosa, os segredos dos outros não gosto de rastrear e aceito sem especular mas naquele dia pensei, O que pode ser? Mulher! a noite veio estrelada como para os astrônomos fazerem descobertas e os poetas escreverem seus rubaiyat, nosso tesouro o vinho, nosso palácio a taverna e nossa maior amiga a embriaguez, duas taças de árak, Bebei, putas.

PARTE 9

O veneno do amor

Espreitadores

E depois do maldito casamento o Abraão sumiu desapareceu virou fumaça shshshshsft foi fazer parceria com o Chafic no fogo da tentação, da morte não morrida, ninguém sabia dele, vasculhavam a rua as casas o trem de chegada e de partida, na porta da minha casa sempre um rapaz se fingia de casual mas vigiava a entrada da minha casa a dar um flagrante no mascate Abraão, eu nunca ia deixar ele entrar na minha casa, ele nem sabia onde era a minha casa ou sabia? de noite e de dia a vigilância e veio o padre Nahul espreitar a minha alma com perguntas e Virgindade Virgindade Virgindade contei para ele do milagre da princesa Budur no livro, a amiga dela caçava um filhote de pombo cortava a garganta do pombo e lambuzava a camisola com o sangue e gritava bem alto para os parentes Vinde vinde olhar a princesa, que o noivo dela era uma mulher disfarçada de homem e assim igualmente podiam fazer as moças sem virginda- de que os livros ensinavam, a virgindade era uma fábula tola o padre Nahul riu Ahahaha estás lendo livros demais para uma simples mulherzinha, virgindade virgindade virgindade ai que obsessão e me fez prometer se Abraão me procurasse de lhe não abrir a taramela e avisar tio Naim ou na igreja, Abraão estava casado com virgem e devia ser honesto, quem manda casar com moça magra feia narigu- da? então sumiu da frente da minha casa o vigilante, eu pensei que tudo estava acabado e eu ia ter paz na minha vida, convite para dança.

Suco de Cebola

Hahaha é pedir ao camelo para tocar flauta o sitiado sempre perde hahaha de madrugada ouvi os gatos a penetrar na minha casa miaumaou o choro longo da portuguesa do andar de baixo ave--maria os bêbados na rua o português chupava a negra os pombos faziam sexo you you you minha fissura é uma saída através da qual me posso evadir da tristeza capuz silencioso botãozinho argamassa chiador shshshsh Quando o teu prazer chega deposita-o em minha parte compassiva objeto peludo que se riça coxas meneia-cabeça é como beber leite sem mel arg é como beber suco de cebolas esmagadas a solidão aumentava em três okkes de água o meu portal o sexo de Abu'l-Hayludj se levantou durante trinta dias depois de ele comer muita cebola bati com a vassoura no forro para eles pararem Vou te comer na panela carne de pombo e ouvi um barulho fhfhhfhfshfhfh um assovio, pela janela a rua deserta, as estrelas da noite não eram como as estrelas mediterrâneas, eram pequenas, parecia que aqui era mais longe do céu, acendeu uma luzinha, foguinho vermelho e era um homem fumando encostado numa árvore, olhei esperei e ele sempre ali parado, podia ser o vigia do velho fellah, o homem acabou de fumar, jogou o cigarro no chão e andou no rumo da porta da minha casa, quando passou debaixo da luz fraquinha de um lampião meu coração deu um pulo no peito e ficou batendo forte pampampam fechei correndo a janela, reconheci o Abraão, corri na bacia e joguei água fresca na cara e no peito para parar de ter palpitação e voltei à janela, a rua estava de novo deserta.

Folhas Arrancadas

Sonhava vestindo vestidos que não eram meus sonhava dançando nua sem poder me esconder sonhava no deserto os camelos a pelugem ferida mulas mortas cobertas de areia cães chacais que aterrorizavam com o uivo carcaças de asnos comidas pelo rakham ukab amarelo demorava a dormir de noite olhava pela janela e sempre estava ele ali aquele vulto fumava aquela brasa acendia apagava e por que não chegava Abraão e me dizia Atiçaste fogo em meu coração ou Eu morreria por esses quadris que decretaram a minha ruína mas ficava ali longe sem fazer nada sabe lá o que pensava? segurando no tio-escâncaro o estúpido põe o lobo a guardar ovelhas e se ele queria me matar? meu coração gelava quem era aquele homem? quem era Abraão? o que ele queria de mim? os cursistas entraram de férias na Academia e a cidade ficou uma melancolia e tédio sufocantes tudo triste os mascates flanando os cursistas eram a alegria da cidade, o mascate Abraão sempre de noite ali, cada noite um pouco mais perto da porta da minha casa eu sem saber se contava a tio Naim se contava ao padre mas se contasse Abraão desaparecia ou ia ser morto ou o que fosse, eu gostava dele ali me espreitando desesperado de amor, é bom ser amada, quem me ama? o chapéu enterrado na cabeça a barriga o casaco de pelo na garoa, na garoa todas as sombras da rua me iludiam era um homem era um cão farejando nuvens corriam diante da lua sombras corriam nos telhados cavalos mancos galhos flutuando no rio sapos o carro da Coachman's Cremerie as carroças com sacas de café.

Silêncio dos Pombos

De noite na 25 de Março eu caminhava e tinha a impressão de que caminhavam atrás de mim, quem? olhava para trás e era um cachorro ou um burro, as chamas azuisinhas dos lampiões quase não iluminavam a rua, eu de noite apressei o passo aí meu coração disparou a rua ameaçadora a solidão aumenta em um côvado nossa inteligência nossa doidice olhei para trás e ninguém corri queria chegar logo em casa onde não ia mais sentir medo ou ia só sentir medo dos meus pesadelos passei na frente do armazém que abriu estava escrito com giz na frente *Casa Salim* brim cetim morim marfim flautim florim Aladim Saladim bandolim borzeguim escarpim espelhim marroquimimimim avistei a minha casa ufa os portugueses esqueceram a porta aberta subi na escuridão tateei as paredes frias ásperas arg eu esquecera a porta aberta entrei e estava um silêncio, até os pombos em silêncio e tropecei numa coisa fez barulho de metal pisei numa coisa mole de pano Aiaiai como sou negligente deixei tudo espalhado, procurei a candeia o isqueiro acendi a candeia acendi um cigarro sentei na cama e tudo foi clareando, o baú aberto as roupas espalhadas no chão rasgadas em tiras o livro de prazeres loucos rasgado a caixa de chapéu aberta amassada o chapéu desfeito o estojo de escovas jogado o espelho quebrado até as coisas da cozinha a cestinha do doméstico com damascos e figos as ervilhas a xícara quebrada tudo espalhado como passara um vendaval e seis demônios de unhas, quem podia ter feito aquilo e parece que com tanto ódio?

Habt El Hel

Aiaiai o meu vestido uiuiui chorei chorei, quando eu saíra ele estava dobradinho na caixa, perfumado com habt el hel, o pano de um perfume delicado hmhmhm bom cardamomo malva-rosa café amor, mesmo rasgado não perdeu o cheiro, quem rasgou? foi o velho fellah de vingança, foi a noiva abandonada foi o mascate Abraão? quem foi? fiz café e vi na borra do fundo as mãos alvas e frágeis cheias de ódio trememndomnmnmn foi ela a noiva foi mulher sei que foi mulher Melhor a maldade de um homem que a bondade de uma mulher, ai o vestido que tio Naim me deu, e o vestido de dança o tambor o pandeiro tudo partido em pedaços, só os címbalos restaram que precisava muita força para quebrar, bati os címbalos taclta-cltacl meu vestidinho marronzinho de bordadinhos pretinhos tão macio nele eu me sentia uma mulher em flor o vestido preto desbotado parecia um balde furado, quando veio a Tenura arrumar a casa levar a roupa na trouxa eu disse a ela, Se disseres uma palavra ao tio Naim eu te mando embora para a Turquia viver com os turcos como escrava, Tenura queria falar ao tio Naim para ele falar com os permanentes e saber daquilo tudo, mas quem ia querer se meter num probleminha de ciúmes de gente de fora? o padre podia resolver, que padre? que padre? quem queria saber de nós? eles diziam, fazemos orgias de sexo à noite temos livros de obscenidade somos avarentos gananciosos analfabetos lavradores dormimos nas tendas fétidas as nossas mulheres são lascivas roubamos na medida e no peso e que vendemos coisas de níquel por prata e lata por ouro.

Sabedoria Errante

Alvaiade alvará alvenaria alvíssaras alpargata alpiste alquimia as palavras começadas com al são nossas, menos *aliciar* que é uma palavra latina que é *subornar* graças a Deus não é nossa mas *alma* também não é nossa e tio Naim lamentava muito, e se levávamos facas escondidas nas botas é que sentimos a ameaça contra nós, como no tempo antigo que nos escondíamos nos bosques de cupulíferas sem poder voltar para as nossas glebas fugindo das ruínas e assolações da fúria devastadora dos exércitos anticristãos, mas ensinamos nomes de plantas de frutas de utensílios nomes de pesos de medidas de cargos militares de artes e ofícios de ciências naturais nomes de peças de barcos nomes de barcos de transportes de construção de casas de refeições nomes de instrumentos musicais nomes de coisas da vida doméstica ceia safra azagaia cântaroalgodão alambiquealamaralardealarido albarda al al al al nahal o gosto de uma água fresca na qual ferve toda a dor, por que tinha ido? que teimosa O exemplo das sobras dos que renegam a seu Senhor é como cinza em que vento sopra intensamente em dia de tempestade Ai Senhor da misericórdia tu, que vertes a beberagem da desolação responde enfim a minha alma Que fazemos nós neste Brasil? tão longe uns desgarrados não sabemos determinar o caminho o povo foi desbaratado Amrik aqui e ali Amrik duas Amriks tudo é Amrik já trinta anos que os drusos massacraram os cristãos o tempo passa depressa ai tempo zizizi moscando a terra é a alma e a alma é um sótão sujo cheio de aranhas e teias.

Harísse no Forno

Na cozinha eu ajudava Tenura na harísse de semolina, ela espalhou a massa no tabuleiro e cortou amêndoas pela metade com uma faca afiada, pediu que eu fizesse o xarope, ficamos falando, a harísse assava no forno e ela tirou o tabuleiro do forno hmmmm cortou com cuidado as harísses em quadradinhos mas algumas esfarelaram mesmo assim Irra Tenura tens umas mãos de carregador de baús de cais mãos de um moleiro, ela provou o xarope se estava morno Ai está um grude nojento, jogou o xarope nas harísses e aprofundou os cortes para impregnar as harísses de xarope irra Relógio da Noite irra Sombra da Religião teu xarope está fraco aguado, shshshs estavam falando de mim na sala os homens, Cala tua boca Tenura que eu quero ouvir, eles falavam baixo para não ser ouvidos, eu ouvia mas não entendia, só umas palavras, Deus pedirá conta, Ninguém a consolasse, Vaidade debaixo do sol, Nada lhe tirar, Come a própria carne, Renovar-se o que já passou, Nunca perdeu a virgindade, De Abraão, A minha sobrinha mesmo, Levar vida regalada, suas vozes se exaltaram um pouco mas alguém fez um chiado e voltaram aos sussurros msmsmsmsm entendi que iam falar com o padre Nahul para pedir conselho, tio Naim se despediu deles ríspido, eles foram embora sem nenhum cumprimento, não tive coragem de ir à sala, mandei Tenura e Tenura disse, tio Naim estava zangado, ela levou para ele chá de hortelã mas ele não bebeu, ele chamou o doméstico, vestiu o capote, pegou a bengala e saiu azucrinado.

Flor Vermelha

Um grande silêncio na casa de tio Naim a tarde toda a arifa Tenura calada Sabes de alguma coisa Tenura? Nadanadinha, de noite tio Naim mandou me chamar a sua casa, ele quieto passava a mão uma na outra, Tenura tilintava mas não cantava na cozinha e o menino débil mental moía nozes no moedor girando devagar a manivela de madeira, fazia um ruído de dedo triturado, ataife b'achta ou ataife b'janz? sentei e acendi um Murad as bailarinas fumam no deserto, cortei o dedo com a faca de cozinha, tio Naim ficou calado meu dedo sangrava ainda um pouco aiaiaia o lenço na bolsinha tinha manchinhas redondas vermelhas, Papai morreu tio Naim? Não, Amina, foi outra a tragédia, num instante pensei que mamãe havia voltado e papai matara mamãe mas isso parecia tão filodramático que nem falei, o meu passado na aldeia me pareceu absurdo, de tão distante, tio Naim contou, morrera a noiva do mascate Abraão, senti frio nos meus joelhos, Ela se matou, fechei os olhos, Quê? vi a noiva morta na cama no quarto de flores azuis um vento levantava a cortina de renda e uma luz branca acendia o vestido e a palidez do rosto dela eu não lembrava do rosto dela nunca lembrei e a imobilidade dela e uma mancha de sangue no peito uma flor vermelha e as flores azuis na parede se mexendo com o vento ffffff Como, tio Naim? Com uma corda no pescoço, aiii, Por que ela fez isso tio Naim? Por tristeza Amina, por ter perdido o Abraão, por desespero, por se sentir humilhada, por achar que a vida não vale a pena.

Rosa de Sarom

O camelo não vê sua corcova não é culpa sua nem de ninguém minha rosa de Sarom meu lírio dos vales uma palavra dura suscita a ira uma palavra branda desvia o furor sadíqsadíq taqbirny Não chora minha luz da aurora, minha íris de ébano, calcei os sapatos e quando quis sair dali da casa de tio Naim sufocada, respirar o ar frio da noite, receber a luz dos lampiões e me livrar da opressão no peito andar na rua olhar as águas do rio deslizar, os cavalos e peguei a cestinha com um prato de fatayer e um de rakakat kat kat kat arrrffff pát shrrrim um barulho forte fiquei aturdida não sabia de onde vinha de onde? de onde? pisei em uma coisa dura e cortante meu braço sangrava de um cortezinho o chão estava coberto de cacos de vidro o vidro da janela de tio Naim estava despedaçado e voara em cacos pela sala toda, a Tenura apareceu na porta da cozinha com uma cara de cor verde-rã e tio Naim no chão de joelhos ainda mais pálido e com um corte na testa O que foi isso Amina estás aí Amina estás bem? Estou aqui tio O que foi Amina? vi uma pedra bruta grande, num canto, Uma pedra tio Naim jogaram da rua uma pedra pedrinha coisa de criança, Criança Amina a esta hora? Coisa de vadio tio Naim coisa de cursista ou de bêbado, lavei com sabão o corte na testa de tio Naim e disse Boa noite tio Naim vou dormir, tio Naim não me deixou sair e me fez dormir na sua casa, fui dormir com Tenura no tapete, ela gemia de medo abraçada no menino doméstico, dizia que Nasnas jogara uma pedra na casa e nunca mais ia haver paz.

Rasgos de Luar

Deitei na cama, pela janela aberta entrava a luz suave da lua azul tanha rakkase rakadu celebrar a vida, gostaria de ser uma noiva entrelaçada e dormir junto com um homem na cama, o gosto de uma água fresca na qual ferve toda a dor, por que eu havia feito a al nahal? estraguei a festa de casamento estraguei a vida da noiva a vida de Abraão acabei com a vida da noiva marquei com ferro a alma do Abraão senti prazer de seduzir o noivo para quê meu Deus? ele me deu mais atenção do que à noiva mas para quê eu queria isso? só dormi quando a lua desapareceu no vidro da janela, acordei com frio, a janela aberta, quando fechava a janela pááát atrás de mim e virei, ali estava papai, a olhar para mim do escuro, a faca na mão, Que queres papai? De onde tu vens, do céu ou do inferno? Por que estás aqui? Por que vieste a este mundo aos rasgos de luar? Onde está mamãe? Tu me deixas horrorizada com pensamentos que nem posso compreender, o que queres? Estás vivo ou estás morto? as mãos geladas dele acariciavam meus ombros meu pescoço meu peito eu olhava para cima e ele não estava mais, a janela aberta e um ar frio entrava, meu corpo gelado, sentei na cama acendi o fogão, o sonho parecia tão real, acendi um cigarro na brasa e fumei fumei fumei, olhei estrelas no vidro, olhei pela janela a 25 de Março, os lampiões acesos, o combustor fincado, passava uma negra fabricante de cigarro que vendia no jarro, Chego à porta bato palmas ela vem e disfarço perguntando Bons cigarros aqui tem?

PARTE 10

Formiga-
-açucareira

Dança para um Bule

Quantos anos se passaram, o Abraão na América, eu em casa sem nunca mais dançar, ai castigo, só para os espelhos e para um cego e uma arifa e um menino débil mental, ninguém me chamava mas nunca parei de dançar, dançava para o bule e as xícaras, para a janela para os gatos para a lua, nunca podia ir à rua, me apontavam o dedo, uma vida de babucha nos pés ulahaia ao espelho haialaia tactumtata e leituras e mais leituras, ficando velha e fumando fumando no divã, sonhava na cortina da janela fufufuf sem nunca esquecer Chafic as guedelhas levantinas um altivo caniço com artifícios convenientes a seus propósitos de sua natureza bem inclinada e branda de condição, sedutor de mulheres, acendedor de lágrimas de fogo e perseguida por pesadelos com a noiva morta, ela me fazia confusão, de que a morte não fosse o fim de tudo que os mortos apareciam de verdade, ouvi dizer que tia Khalil aparecia em casa, existia tanta coisa no mundo, metade homem metade peixe, árvores que davam lã e homens com cabeça de machado, devia a noiva ser uma ifrite dizia Tenura, que aparecia como vento, como estrela, como nuvem, cavalo, rã, por que diziam que na morte se encontra repouso? e quando se morria não se perdia a figura humana? os meus sonhos eram mais intensos que a realidade, a realidade apenas uma fumacinha vista pela janela, eu vivia como se o dia de hoje não existisse sempre sozinha com meus fantasmas falava sozinha falava com o bule de café falava com as xícaras com o espelho com a lua murmurava na rua no caminho da casa de tio Naim.

Trancelins de Ouro

Não ia mais ver as vitrines esperava da janela que passasse uma moça vestida e com flores de panos e brilhos de joias, as anáguas os corpetes as vestes de escocês as figuras de flores cultivadas os chapéus sugestivos as cinturas quadris seios a forma de seus corpos oscilando nas ruas, suas peles escovadas com óleos aromáticos ouvia suas vozes risadas e admirava seus trancelins de ouro, eu uma flor de estufa murchando murchando sem água elas umas mariposas um pouco enfastiadas afastadas no tempo que apareciam em busca do convívio e da luz, ai eu amava os vestidos e os panos queria ter vestidos diferentes porque cada dia eu tinha um modo diferente e era sempre uma outra mulher, ai eu precisava usar muitas cores meu corpo queria as cores na minha pele e eu sentia prazer nas pulseiras e colares frios na pele tlinctlinc moeda fria e meus panos prediletos eram: seda damasco cetim tafetá e tudo o que brilhasse, não tinha eu mais vestidos, um tingido de preto uma jaqueta de cheviote cinzento para os dias frios, o vestir não era coisa profana nas mulheres, os altares eram enfeitados de rendas cambraias ouro, o patriarca o papa os cardeais se cobriam com mantas púrpuras chapéus de ouro, vestir era seduzir, queria um vestido vermelho para atrair, o meu preto servia para repelir os olhos dos homens, um vestido podia revelar a alma a crença o sonho da mulher a fé a moral a imoralidade ai se eu tivesse muitos vestidos e estolas e peliças e chapéus com pluminhas douradinhas, tio Naim soube que rasgaram meus vestidos a Tenura contou Ai quer sabe? Eu vai olhar vitrine.

Refresco Perfumado

Abraão mandava cartas e cartas da América ao tio Naim e eu lia para tio Naim as cartas do mascate, lembrava das ruas geladas, da neve, da comida em lata, das pontes, trens para lá e para cá, os músicos, na parede do café uma pintura de um deserto com camelos e palmeiras em cima escrito *Dancing girls* sagat reque daff, Abraão nunca esqueceu sua aldeia, seus pais, ele nunca esqueceu São Paulo, sua família, não esqueceu a camponesa morta, não esqueceu sua noiva morta, escrevia sobre a América, seus planos, e nas palavras que eu lia e soavam na sala de tio Naim se espalhava o coração vazio do mascate, o amor, o corpo viaja, o sonho vai atrás a distância aumenta em um côvado a nossa alma o passado fica para trás mas vem junto as lembranças espreitando sempre, ele escrevia e escrevia que ia ficar rico e voltar para São Paulo, as mulheres na América eram despudoradas e não tinham vergonha de levantar o braço na rua e falava na falta de conversas na sua língua, falta das conversas no mezze, falta das coalhadas, dos ataifes, perguntava dos irmãos que estavam sozinhos em São Paulo e da lebreia e do chuvisco da cidade e falava do dinheiro que guardava e dos gêneros que vendia, tio Naim esperava de eu terminar a leitura da carta e ditava para Habib Izar a resposta palavra por palavra e falava das comidas que eu lhe fazia hmmhmhm arroz à califa auwámat com leite coalhado hmhmhm conserva de nabo michui kafta tostadinha hmhmhm para pegar o peixe pela boca e dizia da minha beleza intata um frasco de refresco perfumado.

Khara Khara

Explicava tio Naim ao mascate Abraão como escrevia para ele a saudação de sua chegada muito elogiosa, falava da república, da indústria, das políticas, da imigração, dos patrícios, eu ouvia a leitura das cartas de Abraão, nem me interessava, um tédio, terminava e eu ia ler para Tenura o que ela gostava mais, ela e o doméstico sentados na minha frente no chão, as histórias de *As mil noites e uma noite*, quando parei a história sem dizer o final Tenura disse, se eu não contasse o final não ia ela cozinhar, Ai graças a Deus, e não contei, tive de ir para a cozinha fazer o jantar, fiz uma sopa de alegumes e tio Naim riu muito bebeu árak todo mundo riu muito, mandei o doméstico tocar um tamborzinho e dancei com Tenura batendo no pandeiro até ela ficar tão fatigada e embriagada dos barulhos e movimentos que suas pernas amoleceram caímos nas almofadas, rolamos e rimos, tio Naim tomava árak árak, voltei para minha casa e quando subia a escada vi na sombra o português mamando o peito da arifa da loja como fora um bezerro tomando leite na teta e as mãos debaixo das roupas dela, Mahdia a pecadora de granadas suntuosas que deixa os amantes branquearem as colinas com o leite das gazelas aiaiai ui o lusi me viu e correu desceu as escadas Khara khara lala al-fárat, eu disse quando passei pela negra que cobria os peitos e descia a saia senti um cheiro forte de mulher, um odor parecido com o de Tenura quando ela vestia sua camisola transparente, eu estava ficando parecida com os velhos da família, sentindo cheiro de mulher e dizendo provérbios.

Ordem à Alma

Os vestidos rasgados ai que tristeza sempre senti disso, mas um dia tio Naim chegou em minha casa de tarde com o guia, Amina minha florzinha vamos sair quero te levar numa loja de francesa, fui sem pensar o que era aquilo, E o dinheirinho tio Naim vai fazer falta, mas fui como se uma ordem silenciosa à minha alma, gosto de brincar, aceitar o jogo, que o jogo era de cartas marcadas? na rua da Imperatriz no atelier de madame Josephine roupas para senhoras e crianças ligas cambraias peitos bordados irlandas musseline bazin brilhante nanzuque tiras bordadas sedas leques xailes cravos ornados de canutilhos mundo de belezas, um presente para mim só olhar aquilo, uiiiii toquei os dedos nos panos uiiiii queria um de seda da cor de vinho e tio Naim mandou que madame fizesse um vestido escolheu as rendas as flores de asas de insetos, tirei a roupa no provador e madame me enrolou no pano aiiiiii ohuohuoph Amina minha gatinha de seda não vais mais usar vestido velho e vai haver festa, ele vai voltar upt Ele? Chafic ia voltar e meu peito disparou patampatampatam Chafic nunca esqueci Chafic quantos anos e como era o rosto dele? o mesmo que havia guardado em mim? girei dancei laialaia tio Naim que feliz estava eu aiaiai ele vai voltar mas como assim? como ele podia saber como tio Naim podia saber? O Chaim Mathias trouxe notícia do Mato Grosso tio Naim? Não sei Aminazinha, folgo que estás feliz, faltam poucos dias, no vapor de Santos na estação vamos esperar o mascate Abraão, vem rico da América.

Peso da Canastra

Melhor ficar por lá e abrir guerra que ficar aqui e vender coisinhas sem preço fixo e se o freguês não tem dinheiro aceitar a troca por qualquer borracha ou café, vender a qualquer custo para se livrar do peso da canastra nas costas a cabeça curvada e ficar um ano dois anos três anos para receber dinheirinho pingadinho, melhor ser motorneiro domador de mula decorador de túmulo calceteiro que ser mascate, suportar os olhos frios dos alemães os olhos contrários dos italianos os olhos desconfiados dos portugueses os olhos de desprezo dos lituanos os olhos de indiferença dos paulistanos porque éramos mascates e estávamos aumentando feito coelhos eles cuspiam no chão quando passava um mascate diziam que deviam de fechar o porto de Santos para a turcaiada não entrar, eu tinha vergonha de comprar pão sírio na padaria e os portugueses pensarem que eu era turca Lá vaim a turca, esperei o trem chegar, eu de roupa nova e chapéu, uma sombrinha, uma coisa mais linda, o menino marcador ofereceu Quer marcar? Chafic tinha o peito tatuado, os mascates faziam tatuagens no porto de Santos, os rapazes sentavam no caixote e arregaçavam a manga da camisa, o marcador com as três agulhas e um pé de cálice com fuligem, três tipos de gente se tatuava, os religiosos, os negros e a das fúfias de porta aberta, muçulmanos maronitas cismáticos judeus não importava, os maronitas pintavam iniciais e corações, os cismáticos santos no peito, os outros pintavam desenhos de paramentos sagrados as mãos franjadas de azul cinco franjas que eram franjas com fio de ouro e um nome.

Tremtremtrem

O trem apitou, de Santos a São Paulo por entre os verdes das florestas e os despenhadeiros infinitos que apertavam o coração, lugares tão desertos quanto os desertos de areia, Abraão devia de chegar na primeira classe porque a segunda classe servia apenas para negros, o vagão era muito desconfortável e não havia divisões, nem acolchoados nos bancos de palhinha nem vidros ou cortinas nas janelas, entrava um vento devastador e uma poeira intensa, será que Abraão vinha com mulher? quando vim no trem eu era a única mulher e os homens fumavam sem parar, liam jornal, cuspiam pela janela, ou no chão, o expresso da linha inglesa, onze e um quarto da manhã, tio Naim tirou do bolso o relógio de ouro sem vidro e tocou os ponteiros, o trem chegou com um pouco de atraso, como sempre, passageiros desceram do vagão estreito, os bancos de madeira foram ficando vazios, onde estava o mascate Abraão? desceram homens vestidos de guarda-pós que protegiam seus paletós e casacos da poeira da viagem, desceram mascates com suas canastras, desceram imigrantes miseráveis e tontos, os gritos das mulheres youyouyouyou Filho Papai Titio, iam falar de sua aldeia de seus pais e avós do dia em que partiram do dia em que iriam voltar do que iam levar daqui muito dinheirinho da dura vida de mascate do mar azul que banhava o Líbano das montanhas de neve da América, as últimas pessoas desceram e entre elas apareceu, hesitante, nervoso, olhando para todos os lados, o mascate Abraão.

Formiga-Açucareira

Aquela formiga-açucareira com seu velho casaco de lã de astracã pespontado o mesmo de sempre desenhos entrelaçados, seu andar de gato, corpulento, desceu do trem, sua maneira de sorrir, vozinha fina que arranhava o ouvido, olhos sempre procurando uma coisa no chão, quanta deferência pegajosa salamaleques parecia que estava pedindo desculpa quando chegava na minha frente, para me agradar, tio Naim disse Ele continua desesperadamente apaixonado por ti, a tua presença perturba Abraão, se o estranhas, não que ele seja um espírito diabólico nem uma alma de causador de maus sonhos nem de um rebelde nem de um guardião do inferno mas porque tem o instinto da fraqueza astuta feito a raposa na frente do leão, assim é ele na tua frente Amina, podes entender? não queres que te entendam? tio Naim gostava dele, disse que Abraão era um filho de Nasrudim, O passarim? Hahaha, desceram cursistas do trem voltando do peixe fresco de Santos, viajantes ingleses, uma gente elegante, uns negros de jacás, tio Naim disse que eu não podia fazer uma coisa má com Abraão, eu ia maltratar um coração bom, aiaiai eu não podia ferir tio Naim ele que sempre me tratou como fosse sua filhinha, sempre me deu de tudo e todo o seu amor, filhinha para lá sobrinhazinha para cá, meu mindinho me dizia que eu ainda estava apaixonada, ai Chafic Chafic só de ouvir o nome era uma calamidade, Tenura ficou em casa para fazer doces de ovos que ela não sabia fazer e se lambuzava toda e pastas guloseimas, ia haver mezze.

Olhar de Abraão

Os olhos de Abraão fixaram em mim, tudo em volta dele se apagou, o tempo parou os olhos viraram brasa os mesmos que me viram dançar, os olhos nas lágrimas olhos turvos olhos cristalinos um olhar de um amor tão grande e triste de doer ai olhos de ukabs olhos do impossível olhos da promessa cumprida olhos da complacência e dos desejos de um foguinho querendo não se extinguir olhos querendo ficar vivos e da insônia e do trabalho olhos de ocultar coisas e mais velhos e avarentos olhos das dissimulações das falsidades um cilício de couro de cabra a me flagelar aiaiaia olhos que acusam que cobrem que gemem que negociam o coração olhos das inquietações e dos martírios ele Abraaaaaaão uma estátua os olhos vivos e em mim as negridões lhe fugiram dos olhos e olhos até lascivos, a reunir o carvão e o lodo ai não vales mais que uma cadela ai eu te amo apaixonadamente e te amei na América agora me pagas ai devassa ai lasciva arruinaste minha juventude ai vou te comprar a um preço vil ai meu coração é insensível à piedade no dia em que descobri teu segredo Cão serás frustrado nas tuas esperanças o passado não pode voltar e os mortos não podem reviver O aspecto resplandente da tua beleza não passa de um sonho? Um dia me tornarei rico a ponto de nada desejar, só a ti, olhos de autoridade olhos de asa de mosca ai olhos de escravo ai olhos de menino olhos de órfão olhos com fome e sede olhos do dia triunfante olhos de alcançar com paciência dia a dia passoapasso pontoaponto luzaluz dinheirinhoadinheirinho noiteanoite luaalua o que sabia fielmente querer.

Mezze

No meio da 25 de Março umas crianças brincavam, uns turquinhos como chamavam, de nariz compriiiiido escorrendo, roupa velha, o sapateiro Yazbek e os donos de armazém levaram presentinho como se fosse um casamento, arômata queimando, um perfume bom mas enjoado bem parecido com Abraão aquele cheiro, entrei na casa dele a primeira vez, a mãe dele uma magnata, tivera cabelos dourados, o vestido de seda preto e a mulherada toda em volta do mascate, umas interesseiras no dinheiro dele, a arifa velha serviu uma comida intragável, assim era que esclarecia ele gostar de mim, a fama de minha culinária e de vovó Farida os segredos, e de querer uma dança al nahal na cama fucfuc asa de mosca umas lascivas em volta dele, o que fizera ele na América sem mulher tantos anos, nenhum homem podia viver sem amor nem sexo pelo menos, um homem era como outro homem, por que fugira ele na primeira noite do casamento? meu coração esfriou, um homem só abandona uma mulher por outra mulher, tudo ficou fora da ordem das coisas como se chegasse a noite na hora de chegar o dia tudo me pareceu confuso e estranho no meu coração de pomba arrulhando, o quarto de flores azuis voltou e gelou meu sangue na veia, aiaiai eu devia parar de imaginar as tragédias e de procurar mel no traseiro da vespa, que importava? nada importava, e não foi por minha causa que ele fugiu nem foi por minha causa que ela se matou, nem por minha causa aqueles menininhos de cinco anos trabalhavam de operários na fundição e torravam os dedos, apenas o mundo era assim.

Anelzinho

Os rapazes chegados de Santos, o padre Nahul, o sapateiro, todos na casa de Abraão, abraços no Abraão vermelho sem poder falar uma palavra, se estava mesmo rico sua roupa não dizia isso, nem um anelzinho correntinha nadinha, os rapazes chegados do Líbano eram camponeses brutos, lavradores como quase todo libanês, Abraão ensinou a um rapaz como ser mascate no Brasil, ele queria fazer lavoura, o que sabia fazer, Comércio coisa de grego armênio judeu disse padre Nahul Hahaha sabes a diferença entre um turco moreno e um turco louro? hahaha Lavouras aqui muito grandes, as terras caras, Mas dizem que as terras aqui são lisas e não há pedras, os que foram colonos já saíram e disseram que não é bom, é querer colher figo em oliveira colher de vinhedo um damasco, os navios podem trazer frutas secas aqui vendemos as frutas, mais lucro, mais amor para nosso povo, pode o mascate vender aos colonos, os colonos querem se desembaraçar do armazém e compram de mascate, muito bom o comércio aqui, pode ir de aldeia em aldeia Taquaritinga Campinas Piracicaba Igarapava Jundiaí Parapapava Puripipi fica ruim aqui corre lá fica ruim lá corre aqui e disse Abraão os olhos em mim deslizando, Mascate não é vergonha, é trabalho, melhor que trabalhar em perfumaria de português ou em padaria de italiano, pode o mascate trabalhar para o tio o primo o irmão, quando chega aqui, mas se trabalhar muito e levar vida modesta pode ter seu negócio, Tu podes trabalhar para mim.

Rosa-Pálido

Vais junto comigo só para carregar a canastra e aprender o ofício, te dou no começo um quinto depois se venderes muito te aumento e dou uma cama na minha casa depois ajuntas dinheiro é melhor ser mascate do que ser padeiro de portuga ou operário da Anhaia & Cia, Que pesada! o novato tentou levantar a canastra e todos riram hahaha precisa comer grão-de-bico salgadinho, Abraão abriu a canastra mostrou como vendia renda, bordado, retrós sabonete meia dentifrício coisas pequenas pesam pouco, vendem fácil, preço bom, crédito, lágrimas nos olhos, Logo aprendes a língua e se sabes umas poucas palavras podes trabalhar por tua conta, sais de manhã cedo mesmo que chova levas pão farinha pudim de palmito bocajuva vais de casa em casa nos bairros da Sé Santa Ifigênia, havia um mapa da capital da província de São Paulo, Abraão tinha lista de fregueses Este morreu? Vivo? Mudou? Ohhhh tantos novos armazéns ouououou de noite faziam a féria, Vais ver teus pés, e riram hahaha, ficava a casa de Abraão perto do Mercado Municipal, uma casa velha com sacada, uma parede rachada e precisando de uma pintura, disse a velha mãe, embora bem lavada a sua fachada, parecia suja que a caiação encardiu e não adiantava mais caiar, Abraão prometeu pintar a casa de cor-de-palha as janelas de rosa-pálido, uma mostra da sua riqueza americana, mais adiante da casa a Cantareira onde Abraão logo iria pegar o expresso da linha inglesa, ele não mais ia alevantar canastra nas costas, contratava, estava bem mudado, uns fios de cabelo branco.

Quibe Cru

E dançaram a dança dos lenços para lá para cá dois a dois halalihala patac patac tec tec tum yae yaeeeee yaeeeee moças lá rapazes cá lalala as lascivas rindo para Abraão hahaha rãrãrã as alagadas as dessecadas o sapateiro Yazbek parecia um senhor muito rico, bem vestido fumando cachimbo curvo e a filha, era só não olhar o remendo na roupa dele, os homens no chibuque sfsfsfsf Abraão quer que Amina dance, Não nããããão as mulheres na cozinha faziam quibe cru separavam as folhas cheirosas de hortelã a arifa velha fazia as ondinhas de carne crua chorava de cebola, As mulheres lalala têm portais lalala que desabrocham luiala ao ritmo lalala regular lalala e procuram então um instrumento lalala capaz de preencher inteiramente, as mulheres agradam aos homens com comida e voz suave, e os quadris moventes, os cabelos macios, os perfumes os vestidos, eu era a mais belamente vestida por amor de tio Naim que me queria casada, vi num relance a cama do mascate Abraão, os presentes na colcha brilhante vermelha, umas flores, lâmpada ao lado, um toucador como esperasse mulher, aiaiaia e ele não parou de me olhar na festa, perto dele a filha do sapateiro Yazbek desabrochada parecia feita de creme de morango suave rosado sem os laivos verdes da minha pele libanesa das oliveiras e sem o sorriso de camelo que eu sentia nos meus lábios, ai que ciúmes, os sorrisos dela fossem miragens eram iluminados e as roupas feias mas lavadinhas e passadinhas a ferro mas ele não olhou para ela, só para mim Responde Amina minha sobrinha.

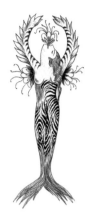

PARTE 11

Jardim da Luz

Cerejeiras

Responde Amina, alamedas do Jardim da Luz, as estátuas, o bote devagar desliza na água do lago, nele vão um rapaz e um cão, cursistas deitados na relva, tiro o chapéu, acima uma planta nos sombreia com a infinidade de folhas em línguas verdes flores vermelhas bordas azuis colorem o verde da trepadeira que pena tio Naim não pode ver isto, aquilo aiaiai borboletas diante de seus olhos cegos abelhas talos gravetos flores, tio Naim diz, devo de guardar as lembranças mais profundas de minha alma, as melhores lembranças, as de minha aldeia, o passado verdadeiro vive na casa onde nasci, onde aprendi a ser quem sou, Ouve a ti mesma, minha luz dos meus olhos, meu lingotinho de prata, Abraão é da nossa aldeia, nasceu lá mas nunca vi Abraão em nossa aldeia ao menos não lembro dele nem vagamente, tio Naim descreve a casa da família de Abraão em nossa aldeia, da casa posso lembrar, casa de pedras com duas portas gêmeas pintadas de um azul que jamais vi nem mesmo no oceano ou no céu, Abraão trabalhava na plantação de cerejeiras de seu titio, era órfão de pai e sendo o mais velho dos irmãos era como papai dos irmãos, viveu sempre ali e casou ali com uma camponesa, teve duas gazelinhas, duas meninas mimosas de tranças grossas como caudas de cavalos árabes, a esposa morreu ele partiu para o Brasil, tem alma rude calos nas mãos e nos pés mas braços fortes para abraçar, Abraão sabe esperar, um homem paciente, diz tio Naim no torreão de verdura, Abraão espera por ti desde tanto tempo, minha água de rosas, minha folha de hortelã, nem deu prazo.

Masqat

Não casar: um feio dois feio rico três barrigudo Casar: um espirituoso e pobre dois solidão guedelhudo três viaja muito, aiaiai um pequena estatura dois forma nada romântica debaixo do casaco de sarja preta surrado cortado em curva em cima dos quadris quase de mulher abotoado bem alto no peito, três cheiro de suor e olhos quase vazios quase tristes aaaaaiiiiii a maneira de sentar muito contida sempre nos lugares mais sombrios da sala, a maneira estranha de segurar a taça de árak um gesto de tal simplicidade, por que faz sem ser natural? tão fácil pegar levantar e beber pronto, quatro desajeitado, as pausas entre uma palavra e outra assim tropeçando nos pensamentos sempre dizendo uma coisa que já foi dita acabou de ser dita, cismando com umas ideias sem importância repetidas tantas vezes que por sua causa as conversas voltam sempre para trás sempre para trás, mascate Abraão aiaiai diz tio Naim, chamam assim os mercadores libaneses por causa de Masqat uma cidade na península arábica feitoria portuguesa onde os navios faziam a aguada e o comércio de cavalos aljôfar das pescarias do golfo e dali vieram vendedores ambulantes para o Brasil que era colônia dos lusis, de Masqat vieram fazer comércio de fazendas e miudezas colonos portugueses ou nativos árabes rendas botões fitas linha de seda velas cigarros de palha perfumada doces gomosos café aromatizado, cinco Abraão volta das viagens na província picado de mosquito chupado de morcego a sola dos sapatos roída nas pedras pés escalavrados ele sai magro da lebrina feito scarpegrosse.

Scarpegrosse

Cantam os italianos, A l'America noi siamo arrivati, Non abbiam trovato nè paglia nè fieno, Abbiam dormito sul nudo terreno, Como le bestie abbiam riposá, o destino foi escrito e nada pode mudar a regra, não sou dona de meu narizinho arre, quem decide o próprio destino? vou levada pela vida, a folha na correnteza do rio, desde que em São Paulo cheguei, a viver na margem do Tamanduateí e tive na janela a paisagem da várzea alagada coberta de tufos de mata valas dessecadoras, charneca aterros chaminés campos morros verdes distantes, minha vida corre nas águas, um rio de movimentos suaves mas de as enchentes inesperadas, nasci e vou arrastada pelas correntezas de cidade em cidade e pelas grades do mar de adeus em adeus, adeus mamãe adeus papai adeus vovó Farida adeus irmãos, adeus forno do pão figo branco raposas e uvas espetadas na terra, houvera um movimento involuntário da alma e do mundo, algumas coisas são simples outras não, viver entregue ao mundo, o destino ri de mim e propõe um jogo de pedras marcadas, se o destino foi escrito o que pode mudar a regra? levar vidinha de açúcar cristal, fornicação celestial, pimenta e nabo, da vassoura o cabo, do camelo o rabo, por que me segue o mascate Abraão? por que me ama? Ele diz, Amina, que vai esquecer o passado, pede que esqueças também o passado, minha princesa Magalona, por força de seus marabutos, Esquecer é danoso, a crítica vive na memória, esquecemos tristezas juntos os prazeres, a lembrança do que aconteceu me atravessa a noite, persegue feito sombra o dia inteiro e me fareja feito cão de caça a sua presa.

Cão de Caça

Meu coração devo ouvir, disse tio Naim, difícil ouvir o coração, nele está minha vontade e para minha vontade não existe antecedente arre o futuro inescrutável mas como entregar meu coração ao mascate Abraão? umas mulheres sabem amar a mais de um homem, posso acreditar nisso, quando me apaixonei por Chafic o amor me inundou tanto que eu amava todas as pessoas qualquer mascatinho de cabelos negros e sobrancelhas peludas que eu via na rua me fazia palpitar qualquer moça vestida de mantilha me enchia de compaixão qualquer menino de vender jornal na madrugada gelada sem abrigo Corrreeeeio Paulistaaaanoooo sem sapatos me afogava em uma ternura tão sufocadora eu derramava lágrimas shrinf, amando Chafic aprendi a amar tio Naim aprendi a amar a mim mesma até a am-am-compreender papai, Chafic me fazia sentir mais alta que uma montanha mais sólida que o cedro de Dahr Al-Kadib mais sensual que Kutchuk Hanem dançando para um espião inglês haialaia, as camisas de Abraão são sempre limpas, um dia o mascate Abraão vai abrir uma loja na 25 de Março e eu não vou ser mais apenas uma dançarina de festas mas uma dona de mercearia com leque na mão e luva de cetim, Criarás teus filhos com a mesma honra que teu pai te criou Amina minha beldroegazinha, os anos passam depressa, Abraão é maronita de alma invencível como tu, ele te ama e é muito bom de aritmética diz tio Naim e sorri, e o tamanho do que leva? um silêncio no Jardim da Luz nem mesmo pássaros chilreando.

Silêncio Súbito

O Jardim da Luz, notável, tudo disposto com simetria, os ângulos ornados de flores, alamedas curvilíneas arborizadas, um lago em forma de cruz, o parque era ainda maior mas tomaram um pedaço do terreno para fazer a estação de trem, arrancaram árvores, ontem um imigrante morreu colhido pelo trem, meninos jogam peteca no gramado a mãe borda com bastidor, o trem apita vai partir da estação da Luz onze horas, a viagem de trem de Santos para São Paulo pelos abismos verdes da mata corre dentro de mim arrepia aííííí as unhas compridas sujas do mascate Abraão, aquele corpo largo e peludo, os anos passam depressa, Isso tudo a teus olhos pesará menos do que asa de mosca, Amina, as camisas de Abraão são sempre limpas, tio Naim abre um saquinho e me dá rahas hmm doce gomoso, a viagem de carroça da aldeia até Beirute, açúcar cristal água de rosas maizena pedacinhos de nozes e damasco seco hmmm, guaraibes hmmm passo o dedo na corola da florzinha vermelha arranco capim e mordo o talo hmmm o mascate Abraão vai me dar amor e carícias e beijos e vestidos hmm a estátua de um homem nu em pedra no Jardim da Luz o instrumento dele é uma folha, água escorre da cabeça de leão desce pela escada de pedra desdobra sobre o tanque de tijolos, schloft schloft o remo na água tio Naim ficou cego quando era rapazinho, dizem que os drusos arrancaram os olhos dele, mas não arrancaram os olhos dele, arrancaram? ele ainda vê a sombra e o vulto quando há muita luz, vê as pessoas como fumaça, Que flor é esta tio Naim?

Florzinha Vermelha

Assim, tio Naim, pétalas vermelhas em torno de uma coroazinha amarela como desabrochasse de um cálice, uma flor que nem mesmo deve de ter nome, filha de erva daninha com um maço de fenogrego, Uma flor no gramado, Amina? Um gramado tem flora mais pobre que um deserto, ele me pede, quer tocar a flor, levo sua mão até a flor, seguro seus dedos e estendo nas pétalas, os dedos de tio Naim correm a florzinha por fora e por dentro, o dedo sai manchado de pó amarelo, Uma flor, Amina, mesmo uma silvestre flor, é sempre uma celebração, pela grade do Jardim da Luz duas imigrantes passam com cestas de compras rumo ao Mercado, nesta cidade a mulher que faz compra no Mercado é imigrante, arifa ou operária, as imigrantes nunca passeiam, moças feitas de trabalho, vidas diluídas, fumaças de chaminé fufu feitas de perdas e adeuses, moram nas partes escuras da cidade, nas casas molhadas, entre os ratos e morcegos, entre os caixotes vazios e as sacas nos depósitos, nos armazéns, detrás dos balcões, nas margens dos rios um capim-guaçu irra mas deve de ser um mundo verdadeiro e tem sua beleza de fuligem e fumaça feito os navios belas coisas mesmo sujas e pretas, elas sempre querem passar para o outro lado da cidade, mas são apenas umas mostardinhas ardidas ou umas cadelasdascadelas, corpo de faschefango galho e barro ou casa a Ana ou vira putana ou casa a Beatriz ou vira meretriz haialaia tutti senza denaro, mijar na cova e lamber o dedo hmmmm elas olham para mim e estiro a língua, elas ficam tão vermelhas que parecem as telhas e apressam o passinho de garridice nos sapatos barulho de ferraduras.

Sapo Roncador

O mascate Abraão ronca de noite? ele pode suportar a minha insônia? ele me deixa dançar na frente dos outros homens? usar chinó de tranças? e uns cachos tão complicados que nem ousaria descrever, um vestido esganado na cintura que mostrasse as minhas formas e ter vestidos que quero desesperadamente possuir uma dúzia no baú, de todas as cores, um vestido de passeio um de chá um de montaria um de ciclismo um de teatro um de festas um de confeitaria para a manhã um de confeitaria às cinco da tarde um para cada ocasião um xale de rendas luvas de seda cor-de-açafrão e nada de remendar mais as saias as anáguas as pantaletas nada de segurar agulhas nos dedos nem de bordar rosas nada de roupa preta de operária nada de chapeuzinho de palha nem tamanco nada de fogão velho nada de panela hmmm perfumes hmmmm veludo pontilhado de margaridas nada de ninho de pombo e um vestido de noiva ah feito por madame Genin uma bela toalete madame Genin do ateliê de costura que faz enxovais de noivas e toalete para bailes passeios e campo está sempre ocupada, cobra preços mais caros que madame Tissot em Paris, se pudesse madame Genin arrancaria nosso coração, antigamente madame Genin ia à casa das freguesas mas agora ela fica no seu divã fumando feito uma rainha dizendo, Ande até ali, Agorrra virrre parrra mim, O azul não lhe cai bem, Volte daqui a seis meses que lhe vou preparrrer une belle toilette ma chérrrie e as freguesas não podem dizer nada e ainda fazem filas na porta do ateliê.

Renda de Blonda

Não importa ser humilhada, desde que ela me faça uma toalete ha la tata ai um vestido de noiva hmmmmm delicado estendido pela cauda em musselinas rendas de blonda pano francês branco alvo de açúcar de coriandro aiaiai maços de fitas apliques aljôfar contas vitrilhos arminho hmhmhm musselina transparente ai organdis, uma anquinha científica estilo Myra leve flexível durável os cavaleiros de cartola hmmhmhm roupas íntimas de seda crinolina enfeitada de rendas Ai nem se usa mais crinolina a moda agora são as anquinhas as crinolinas parecem mais uns abafadores de chá espero um dia por Deus poder me livrar dessa estufa desastrosa, aiaiai e os espartilhos que me apertam a ponto de morrer? hmmm espartilho forrado de cetim anáguas de cambraia pantaletas com acabamento a cinturinha de uma sílfide uiuiui uma pele Abraão me levava da igreja e depois da grande festa, ele despia meu vestido de noiva e me jogava no lençol de seda Ai quando tiras o vestido não há homem que não se torne teu escravo Quando deixas cair o véu e teus seios de neve lírio ai vêm ao nosso encontro não há coração que não se abandone Ai não te movas tanto os raios das estrelas penetram em ti diamante minha pérola deixa que meus olhos queimem e meu coração desfaleça sobre teu corpo nhm nhm nhm Abraão me levantava as pernas fazia carícias e deslizava em mim uiuiui como a lua desliza silenciosa nas sombras da noite Abraão em arroubos de pombo no telhado Sempre te quis sempre te amei e a filha de Yazbek é uma tola nariguda.

Vestidos Mais Leves

Ai como adoro roupas chapéus luvas sapatos flores de asas de insetos véus de musselina terei se casar com o mascate regatão? ai que tentações da vaidade, gosto dos vestidos, visto e danço na frente do espelho, um vestido verde com uma flor de gaze, vestido azul gosto de saia drapeada gosto de xale gosto das musselinas que desvendam os ombros e rosa-constantino na cabeça, sapatinhos de cetim, pingente nas orelhas e jogo de esconde-esconde, gosto de andar na rua o mascate Abraão me seguia na rua quando me via parar ele parava e esperava que eu desaparecesse e vinha atrás a uma distância bem cuidada mas nunca se dirigiu a mim, nunca disse nenhuma palavra embora seus olhos falem muito, ele se contentava com seu olhar distante, não tinha tempo para si nem para amar, pensar no amor é amar? talvez, como outros mascates que só têm tempo para trabalhar ganhar dinheirinho guardar para voltar arre nós libaneses moramos perto uns dos outros e nos chamam de turcos irre não gosto de ser chamada de turca não sou turca e odeio turcos da Turquia, sou libanesa do Líbano mas também vejo sírios da Síria morando na 25, muitos sírios poucos turcos mas todos temos passaporte turco, as marteladas da demolição no Jardim da Luz a soar, estão demolindo a torre pobre torrezinha, assim eles fazem, constroem e depois quando não precisam mais fazem a mais completa demolição de pedra por pedra, assim com os corações descuidados, com os corações das dançarinas, Chafic arf o marabu suga a flor com a boca.

Amuletos de Felicidade

Por que nada dizes de ti mesma, Amina, que segredos guardas? Al-insan o grande esquecedor, Al-insan m'árrad lin-nessyan, disse tio Naim, juro pela manhã e pela noite, de minha própria natureza esconder, meu corpo feito uma flor que jamais desabrochou, Deus me fez assim por me guardar, se me guardo na solidão, o amor deve de ser esquecido dentro da flor do corpo, o regatão Abraão nunca me fará esquecer, pão pão cão cão ninguém fará, a brasa virou cinza mas o coração de uma mulher jamais abrigará um novo amor, onde estará Chafic agora? o homem vive sujeito ao esquecimento mas eu não esqueço, a boca mais embriagadora que duas taças de árak, como unguento derramado o seu nome, o corpo uma relva de viçosas folhas, o árak escoa deslizando na garganta ele é como um selo em minha boca, Amina, disse tio Naim, Abraão te ama, te quer, está farto do sangue dos bodes e das luas novas e das solenidades, ele não é hipócrita e te vai purificar como potassa da tua escória, te vai dar ruge, turbante e joia, experimenta esta pasta de amêndoas, o melhor trigo cozido hmmm e não esqueças, muita gordura por cima, uma vida de bem-estar, de ternura e cópulas, carícias íntimas hmm? nas tetas, melhor o mascate que o cameleiro, que o telhador, o mercador de favas, melhor que o carregador e o alimpador de ruas, Pensa bem, mas depressa, A pressa é um efeito da malícia de Satã, continuar o respeito às tradições religiosas, para ter filhos e não ficar tagarelando nas tendas do Mercado com a súcia.

Debaixo da Lua

Debaixo da lua da plantação de chá dos chineses sobem balões que vão ao céu motejando as nuvens, na sorveteria abrem a porta e a fila de moças entra, na tenda de tiro ao alvo alguém levanta o alçapão, pááá as marteladas da demolição da torre pááá a água se desdobra pááá para sempre da cabeça do leão, os mascates para lá para cá taq taq taq tá batem o metro na canastra ihihi fitinha? retrosinho? zabonetinho? bringuedinha? berfuminha? pááá Responde, Amina minha mensageira da boa nova, meu oceano do disparate, meu camelinho de prata, aceitas ou não casar com o mascate? precisamos ir embora, queridinha, tiveste muito tempo para pensar, tantos anos e anos, anoiteceu? Aiaiai diz a ele uma adivinhação tio Naim, A pronúncia incorreta de *adeus* resulta na palavra *retorno*, e a laranja azeda resulta em fogo chegou, agora vamos embora tio Naim, deixemos este recanto que não inspira prazer nem melancolia nem saudade nem esperança, deixemos este lago lodoso, esta mísera aleia de oliveiras que não dão flor nem fruto, essas palmeiras raquíticas, e guardo na cesta as taças as pastas os pães os pratinhos a florzinha vermelha arrancada, hmmm vestido de noiva de madame Genin, um aperto no coração, um frio arrepiando os braços, madame mascate Abraão, madame Abdura, estou feliz, na rua meninos libaneses queimam bastões com chuvas de estrelinhas, fogos de artifício, Chafic Chafic, ai que bela noite para roubar cavalos!

A infância da narradora, Amina Salum, passada numa aldeia libanesa, é inspirada nas recordações de Raquel Naveira, Leila Mohamed Youssef Kuczynski e também de Samia Zadi, assim como nas cartas da viajante inglesa Elizabeth M. Anderson que esteve no Líbano em 1886.

Foram particularmente úteis as seguintes publicações: *As mil e uma noites*, texto estabelecido por René R. Khawam, 8 vol. (São Paulo, Brasiliense, 1994); *Líbano, impressões de culinária*, Leila M. Y. Kuczynski e Maureen Bisilliat (São Paulo, Distribuidora Paulista de Livros, 1994); *Serpent of the Nile*, de Wendy Buonaventura (Nova York, Interlink Books, 1994); *De mascates a doutores*, Oswaldo Truzzi (São Paulo, Sumaré/IDESP, 1992); *Os campos perfumados*, Muhammad al-Nafzawi (São Paulo, Martins Fontes, 1994); *O rubaiyat*, Omar Khayyam (Rio de Janeiro, Ediouro, s/d, trad. de Manuel Bandeira a partir da de Franz Toussaint); *O livro dos provérbios*, *O livro da sabedoria*, *Cântico dos cânticos*, Salomão (Rio de Janeiro, Ediouro, s/d); *O jardim das carícias*, Rejeb ben Sahli (São Paulo, Martins Fontes, 1993); *O romance de Aladim*, Anônimo (São Paulo, Martins Fontes, 1992); *As aventuras de Sindbad, o terrestre*, Anônimo (São Paulo, Martins Fontes, 1994); *As artimanhas das mulheres*, A. al-R. al-Hawrani (São Paulo, Martins Fontes, 1996); *A cozinha árabe*, Maria Cristina Andersen (São Paulo, Melhoramentos, 1994); *Receitas árabes tradicionais do Norte do Líbano*, Mahassen Hanna Yazbek e Salma Daud Abrahão (São Paulo, Giramundo, 1996); *Sonhos de transgressão*, Fatima Mernissi (São Paulo, Companhia das Letras, 1996); *Nove partes do desejo*, Geraldine Brooks (Rio de Janeiro, Gryphus, 1996); *Contos árabes*, org. Jamil Almansur Haddad (Rio de Janeiro, Ediouro, s/d); *Sob os cedros do Senhor*, Raquel Naveira (São Paulo, João Scortecci, 1994); *Por uma história profana da Palestina*, Lotfallah Soliman (São Paulo, Brasiliense, 1990); *História do mundo árabe medieval*, Mário Curtis Giordani (Petrópolis, Vozes, 1976); *O Oriente Médio*, Bernard Lewis (Rio de Janeiro, Zahar, 1996); *La cultura de los árabes*, Ikram Antaki (Madri, Siglo Veintiuno, 1995); *Rimbaud na Arábia*, Alain Borer (Porto Alegre, L&PM, 1985); *Flaubert in Egypt, a sensibility on tour*, Francis Steegmuller (Chicago, Academy, 1979); *Uma história dos povos árabes*, Albert Hourani (São Paulo, Companhia das Letras, 1994); *Mouros, franceses e judeus, três presenças no Brasil*, Luís da Câmara Cascudo (São Paulo, Perspectiva, 1984); *As lendas do povo judeu*, M. J. Bin Gorion (São Paulo, Perspectiva, 1980); *A Bíblia Sagrada*, trad. João Ferreira de Almeida (Rio de Janeiro, Sociedade Bíblica do Brasil, 1969); *Revista de Estudos Árabes*, nos 4, 5, 6 (São Paulo, Centro de Estudos Árabes, FFLCH-USP, 1994-5) e *Seções fixas da Revista de Estudos Árabes*, nos 3, 4, 5, 6 e 7, especialmente os artigos de Aida Rámeza Hanania e Luiz Jean Lauand (São Paulo, Centro de Estudos Árabes, FFLCH-USP, 1994); "Islã", Caderno Mais!, *Folha de S. Paulo*, 10 de março de 1996; pensamentos da sabedoria de Gibran Khalil Gibran, em *Areia e espuma*; e diversos artigos de Mansour Chalita publicados em jornais.

Sobre São Paulo: *História e tradições da cidade de São Paulo*, Ernani Silva Bruno, 3 vol. prefácio de Gilberto Freyre (Rio de Janeiro, José Olympio, 1953); *A pátria paulista*, Alberto Sales (Brasília, Universidade de Brasília, 1983); *Apontamentos de viagem*, J. A. Leite Moraes, org. Antonio Candido (São Paulo, Companhia das Letras, 1995); *Os meus romanos*, Ina von Binzer (Rio de Janeiro, Paz & Terra, 1994); *Reminiscências de viagens e permanência no Brasil*, Daniel P. Kidder (São Paulo, Livraria Martins/Edusp, 1972); *Peregrinação pela província de São Paulo*, Augusto Emílio Zaluar (São Paulo, Biblioteca Histórica Paulista, 1953); *Imagens do Brasil*, Carl von Koseritz (São Paulo, Livraria Martins Editora, 1941).

Sobre imigração: *Italianos e gaúchos*, Thales de Azevedo (Brasília, Cátedra, 1982); *Italianos no mundo rural paulista*, João Baptista Borges Pereira (São Paulo, Livraria Editora Pioneira/IEB-USP, 1974); *Imigração, urbanização, industrialização*, Manuel Diegues Jr. (Rio de Janeiro, Centro Brasileiro de Pesquisas Educacionais-MEC, 1964); *Assimilação e mobilidade*, Eunice Ribeiro Durham (São Paulo, Instituto de Estudos Brasileiros-USP, 1996).

Outros temas: *O espírito das roupas*, Gilda de Mello e Sousa (São Paulo, Companhia das Letras, 1987); *A roupa e a moda*, James Laver (São Paulo, Companhia das Letras, 1989); *Fisiologia da mulher*, Paulo Mantegazza (Lisboa, Livraria Editora Tavares Cardoso & Irmãos, 1903); *A poesia no Brasil*, org. Sonia Brayner (Rio de Janeiro, Civilização Brasileira, 1981); *Uma rua chamada Ouvidor*, Danilo Gomes (Rio de Janeiro, Fundação Rio, 1980); *Os meios de transporte do Rio antigo*, Charles Dunlop (Rio de Janeiro, Serviço de Documentação do Ministério dos Transportes, 1972); *Sir Richard Francis Burton*, Edward Rice (São Paulo, Companhia das Letras, 1991); *Rio de Janeiro em prosa & verso*, org. Manuel Bandeira e Carlos Drummond de Andrade (Rio de Janeiro, José Olympio, 1985).

Glossário

a

abássida — membro da dinastia de califas que causou profundas mudanças no mundo muçulmano entre os séculos VIII e IX.

Abu'l-Hayludj — personagem citado em *Os campos perfumados* de Muhammad al-Nafzawi.

Adio che moro — lamento dos camponeses italianos nas viagens marítimas.

Adrar — as moças de Adrar; citadas em *O jardim das carícias* de Rejeb ben Sahli.

Ahlan wa sahlan wa marhaban, rushidta — frase de boas-vindas, significando: Esteja à vontade, Esta é sua casa.

ainar — infusão de canela, anis, nozes e outros ingredientes; servida na ocasião do nascimento de um filho.

A l'America noi siamo arrivati... — À América nós chegamos/ Não encontramos nem palha nem feno/ Dormimos sobre a terra nua/ Como as bestas repousamos. Refrão de uma cantiga do folclore da zona colonial italiana.

Al-insan m'árrad lin-nessyan — provérbio, significando: O ser humano está exposto ao esquecimento.

aljamas — nome dado às comunidades de mouros que ficaram no Reino sujeitas ao soberano português, governadas por alcaide.

al nahal — dança da abelha; citada por Flaubert e por sir Richard Francis Burton; uma dança perdida da qual apenas o nome sobrevive; com gritos agudos para indicar que uma abelha entrou em sua roupa, a dançarina tira peça por peça toda a sua vestimenta.

ambares — ou *ambariss*, bolinhas de coalhada seca, conservadas no azeite.

amir — ou *amyr*, ou *emir*, príncipe.

amthal — plural da palavra "provérbio" (ver *mathal*).

Anyra — citada em *O jardim das carícias* de Rejeb ben Sahli.

árak — bebida alcoólica destilada de uvas e aromatizada com anis.

Aranik — o valoroso, citado em *O jardim das carícias* de Rejeb ben Sahli.

arifa — empregada, doméstica, criada.

arre, irra, arra — exclamativas mouras de desespero ou desabafo, segundo Câmara Cascudo.

ataifes — ou *ataif*, crepes com recheio de nata (*ataife b'achta*) ou de nozes (*ataife b'jauz*).

auarme em *mufaise* — ou *awarma*, conserva de carne de carneiro.

auwâmat — doce de bolinhas fritas de massa embebidas em xarope.

Aziza — dançarina núbia citada por Maxime Du Camp, que a conheceu em sua viagem com Flaubert ao Egito nos anos 1840; Flaubert achou terrível a maneira de Aziza mover a cabeça de um lado a outro, como se estivesse para ser decapitada.

b

babarranuche — *babaghannuj*, ou *bagaranuch*, ou *babaganuj*, berinjela assada com molho de tahine.

báhrida — seguidor dos sultões do rio Nilo, os *bahri*.

baladi — ou *raks al-baladi*, dança popular, forma tradicional da dança solo feminina; os *baladi* são membros de família berbere ou árabe estabelecida na península.

Balkh, Khulane — ameixas de Balkh, pêssegos de Khulane, ingredientes raros citados no manual de cozinha de Mohamed al-Baghdadi.

bazin — espécie de tecido.

beleue — massa folhada recheada com nozes e recoberta por xarope.

bestêmia — blasfêmia; tirar bestêmia, blasfemar.

Bika'a — ou *Bekaa*; vale que ocupa a parte oriental do Líbano.

biscotatelas — pão cozido diversas vezes, como biscoito, muito cobiçado nas viagens dos imigrantes italianos.

c

calças tufando no tornozelo acabando numas peúgas... — descrição de traje baseada em Mazaheri, em *História do mundo árabe medieval* de M. C. Giordani.

cawadija — senhor.

cedro de Dahr Al-Kadib — o cedro é o símbolo do Líbano; árvore bíblica citada por Salomão, muito sólida e geométrica, de grande beleza, é um símbolo poético da natureza, da vocação, do destino, da mobilidade e da imobilidade.

cengi — dançarina turca; palavra derivada de *cingene*, cigana.

chanclich — queijo temperado.

chibuque — cachimbo.

chich bárak — ou *chuch bárak*, pasteizinhos recheados, na coalhada.

chikhat — dançarina do Marrocos; entertainer nas festividades familiares em aldeias.

concurso bezerril — depois de uma noite boêmia, os estudantes da Academia de direito promoviam um concurso cujo vencedor era quem bebesse mais leite tirado na hora.

cubus — quitute vendido nas ruas de São Paulo; palavra citada em *História e tradições da cidade de São Paulo* de Ernani S. Bruno.

cucagna — uma fortuna inesperada.

d

daff — tambor de mão egípcio coberto com pele de peixe.

dár — domínios da propriedade, terras.

dibs rumman — xarope do suco da romã, para dar sabor ácido a alguns pratos.

djellaba — roupa de homem, justa no corpo, com capuz.

f

fairine — erva selvagem da região montanhosa do Líbano, usada na culinária.

faludaj — empada à base de mel e de amido.

faná — desaparecimento, caráter efêmero, nada.

fasulia — ou *fossulha*, feijão-branco.

fatayer — *esfiha* fechada.

fatayer b'arich — pastel de coalhada seca.

fatuchi — *fattouch* ou *fatuch*, salada aldeã, de verduras com pão torrado, ou de uvas com pepino.

fellah — ou felá, lavrador; camponês da montanha; caipira.

friante escurante — paródia à língua árabe que, em vez de: Você gostou?, diz: Você gostante?

fustuk halabi — pistache, semente do deserto, para aperitivo.

g

gargabus — dança cerimonial argelina.

ghandura — vestimenta, uma espécie de túnica sem mangas que os árabes usam sob o albornoz.

ghawazee — plural de *gháziya*; a palavra egípcia significa invasoras, ou marginais com a conotação de viver às margens da sociedade.

ghazala — gazela; mulher bela, ou *fitna*, palavra árabe que designa ao mesmo tempo a mulher bela e o caos.

gháziya — dançarina egípcia, original de tribo cigana.

guaraibe — *ghraibe* ou *ghraib* ou *mantecal*, bolinha de manteiga com farinha de trigo, enfeitada com pistache.

h

habt el hel — *habbat el hêl,* cardamomo, semente de origem indiana, de delicado aroma, para temperar pratos salgados, ou aromatizar café.

hailum — erva selvagem da região montanhosa do Líbano, usada na alimentação.

hardmana — erva selvagem da região montanhosa do Líbano, usada na alimentação.

harísse — *hricet lauz* ou *rarice*, doce de semolina.

hendbi — chicória, ou escarola.

hifeine — erva selvagem do Líbano, usada na culinária.

hilal — lua nova, ou crescente.

hommus — ou *homus,* pasta de grão-de-bico com tahine.

hoochie koochie — nome para dança do ventre.

i

Iblis — nome islâmico do Diabo.

Ínna fy assamá'i lakhabara/ Ua ínna fy-lardi la'ibara — versos do orador e poeta Quss Ibn Sa'idah, em que convida a uma reflexão sobre a condição efêmera do ser humano; um dos textos mais antigos da literatura árabe, recitado há mais de mil e quinhentos anos: "Com certeza há no céu prenúncios/ e com certeza há na Terra lições".

Ingraxate... — pregão dos imigrantes italianos que engraxavam sapatos, citado por Henrique Raffard na *Revista do Instituto Histórico Geográfico e Etnográfico Brasileiro* vol. LV, II, p.124.

instrumento — do capítulo VIII de *Os campos perfumados*, de Muhammad al-Nafzawi, "Os diferentes nomes dados aos instrumentos dos homens".

Inti helwa — "Você é doce", frase usada para estimular a performance da solista dançarina.

inthora — "um móvel esplêndido e único em todo o universo", citado em *O jardim das carícias*; uma espécie de sofá, com montantes esculpidos, com as cento e vinte imagens das posições de amor descritas por Al-Bashramar no *Canto dos loucos prazeres*.

Ismah lana nashufak — Expressão usada na despedida, significando: Permita-nos vê-lo novamente.

j

Java — café; ponto de reunião boêmia.

Jeffa — os treze sodomitas de Jeffa, citados em *O jardim das carícias*, de Rejeb ben Sahli.

jins — ou *djins*, seres hostis, que representam a natureza insubmissa e personificam noções fantásticas dos terrores do deserto e da vida animal selvagem.

k

kafta — ou *cafta*, espetinhos com bolas de carne moída.

kahk b'halib — roscas de leite, preparadas nas festas religiosas, como a Páscoa.

Kai-kaús — do verso de Omar Khayyam, rubaiyat 92.

kai-kobad — do verso de Omar Khayyam, rubaiyat 92.

kanon — ou *kanoon*, instrumento de cordas, predecessor da harpa e do piano.

khara khara lala al-fárat — provérbio significando que uma pessoa nunca deixará seu modo vil: vil é vil, mesmo depois de atravessar o Eufrates.

kharakânidas — bárbaros das estepes.

Khorassan — do verso de Omar Khayyam, rubaiyat 92; cidade do Irã.

kichk — ou *kishk*, farinha alva feita de trigo com coalhada.

krawia — cominho armênio, ou alcaravia; usado para doces.

kuss — órgão sexual feminino (chulo).

Kutchuk Hanem — Pequena Princesa, nome dado à bailarina Safiya; o jornalista americano G. W. Curtis, que esteve no Egito na metade do século XIX, viajou oitocentos quilômetros pelo rio Nilo acima até a aldeia de Esna para ver Safiya dançar; citada por Flaubert e Maxime du Camp, que também a viram dançar, ela era a mais celebrada dançarina do seu tempo.

l

laban — coalhada fresca; *laban bikiar* ou *khiar b'laban* é coalhada fresca com pepino.

laf daf hab — fragmento de uma encantação que se recita para despertar paixão louca num homem, olhando-se o surgir da estrela Vênus numa sexta-feira; supostamente escrita pelo imã al-Ghazali.

lah hilah lah... — citação de verso árabe, em *Peregrinação* de Fernão Mendes Pinto.

lahme naiee — carne crua temperada.

m

maa al zahr — *ma'zahr* ou *mai zahr,* água de flor de laranjeira.

mâdrassa — escola; ou *madrasa*, instituição de ensino superior criada em Bagdá por Nizam al-Mulk, também chamada portanto de *nizamiyya*.

Magalona — princesa, personagem da novela medieval, escrita em provençal e latim pelo cônego Bernardo de Treviez no início do século XIV; personagem do folclore brasileiro, segundo Câmara Cascudo.

mahdia — de Mahdia, a pecadora, citada em *O jardim das carícias* de Rejeb ben Sahli.

máhlab — ou *mahleb*, grão que se encontra dentro da semente da cerejeira-brava ou negra, usado em pó no preparo de doces árabes.

mahmoul b'tamar — bolinhas de massa com recheio de tâmara.

Mahtab — Raio de Luar; dançarina citada por sir Richard Francis Bacon em *Sind ou o vale infeliz*, 1851; a irmã de Mahtab, Nur Jan ou Luz Radiante, era amante do lorde inglês.

Maimon — rei de Marzagra; citado em *O jardim das carícias* de Rejeb ben Sahli.

majnun — pessoa possuída por um *jim*; por extensão, louco.

marabu — ave que vive à beira da água, dorme nas árvores e cumprimenta seus amigos batendo o bico.

marabutos — eremitas; santos.

marchuchi — salada com alface, pepino, tahine e outros ingredientes.

Marhba — bem-vindo, olá.

mathal — provérbio; os provérbios são fartamente usados pelos árabes.

mauud — doce de abóbora.

melquita — ou greco-melquita; comunidade étnico-religiosa cristã.

Merduso pettola a culo — insulto, na primeira história do *Il Pentamerone* de Giambatista Basile, livro clássico de fábulas italianas do século xvi.

mezze — entrada; palavra de acento francês, derivada do árabe *al-mazza*, significando guloseima; costume libanês que se difundiu posteriormente pela região mediterrânea, que consiste em reunião de homens para conversas e degustação de especialidades e bebidas espirituosas.

mhamasa — ou *muhâmassa*, carne moída preparada com *snúbar* (ver).

mhammare — *mhammara* ou *muhâmmara*, pasta de pimentão vermelho.

michui — carne assada.

Min fadlika! — Por favor!

mulukhiya — verdura de folhas longas ovaladas, que tem uma baba como o quiabo; ou o molho feito com essa verdura.

mufaise de ashma — gordura de vaca.

mufarraki — salada de batata.

mujadara — *mjadra* ou *mjadara*; arroz com lentilha.

mukhannath — efeminado, nome dado aos músicos que substituíam as mulheres na dança depois que elas eram fechadas no harém.

mutrube — dançarina cortesã, prostituta.

n

Nagel — confeitaria familiar, na rua Quinze.

nái — flauta árabe feita de bambu.

Nasnas — entidade com uma perna, um braço e metade da cabeça.

Nasrudim — nome persa para a personagem do folclore muçulmano, *mullá* e mestre sufi, que figura em contos de sabedoria histriônica; presumivelmente nasceu e viveu numa pequena aldeia turca por volta do século xiii.

nátef — doce de claras em neve com pistache, aromatizado com água de rosas.

Naziad de Trebesta — cortesã citada em *O jardim das carícias* de Rejeb ben Sahli.

Nebrina, lebrina — neblina.

Nicabur — príncipe citado em *O jardim das carícias* de Rejeb ben Sahli.

niqáb — véu usado pelas mulheres, que cobre totalmente o rosto.

Non si muove foglia che il Ciel non voglia — provérbio da tradição napolitana, encontrado no *Il Pentamerone* de Giambatista Basile, livro clássico de fábulas italianas do século XVI.

o

okke — ou oquié; medida de peso usada no Egito; corresponde a aproximadamente 37 gramas.

Os dentes da montanha... — verso absurdo escrito numa parede supostamente por um viciado em haxixe; citado por sir Richard Francis Bacon.

Ó século glorificas... — de poesia citada em *Os campos perfumados*, de Muhammad al-Nafzawi.

p

Padã-arã — cidade citada na Bíblia, onde teria nascido o arameu pai de Rebeca casada com Isaque.

pantaletas — calças longas usadas por baixo das anáguas, geralmente por meninas.

patralontanas — imigrantes italianos, distantes da pátria.

Patriarca — prelado, chefe da igreja maronita.

Possuam-me... — citação de *As mil e uma noites*.

princesa Budur — personagem de "O conto de Qamar ao Zaman", de *As mil e uma noites*; história de uma mulher que se faz passar por homem; Budur casa com uma princesa, confessa-lhe que é também uma mulher e ambas encenam um falso ritual ligado à virgindade.

q

qamar — lua cheia; também designa pessoa de beleza estonteante.

qubul — desejo sexual.

quibe b'híli — *quibe bi hili*, quibe de batata.
quibe naye — ou *quibbe naye*, quibe cru.

r

raha — doce gomoso.
rakakat — folhado com recheios diversos, tais como queijo, espinafre.
rakham — ave, espécie de abutre.
ralã — expressão de desprezo, abandono, conformação, citada por Luís da Câmara Cascudo em *Mouros, franceses e judeus*.
reino de Marzagra — citado em *O jardim das carícias* de Rejeb ben Sahli; onde vive a amada do herói, Flor do Amor.
reque — tamborim egípcio.
roz bi halib — *roz be haleb*, arroz-doce.
rubaiyat — plural de *rubay*, "quadra"; quadras epigramáticas em persa.
rustêmida — do Estado fundado por Abd al-Rahman ibn Rustem na cidade de Tahert.

s

sadíq — *sadyk*, pessoa digna de confiança; amigo.
Safiya — ver o verbete *Kutchuk Hanem*.
sagat — instrumento musical, címbalos de dedos.
Sahlab — ladrão, personagem de *As mil e uma noites*.
Sahtain, ala al-bak — cumprimento e resposta ditos à refeição, significando Saúde duplamente, Para o seu coração.
samnem mufaise — *samne* ou *samneh* ou *samé*, manteiga derretida, conserva de manteiga.
samum — ou *simum*, vento da terra, ardente e temido.
sath — espécie de varanda sobre o telhado da casa, muito usado pelas mulheres para atividades domésticas; terraço.
saúva frita — os paulistas tinham o hábito de comer formigas fritas.
sawâd — noite negra.
scarpegrosse — maneira como os imigrantes italianos urbanos chamavam os camponeses, significando sapatos grandes.

Schortz — café; ponto de encontro boêmio.

seldjúcida — membro de clã, da tribo chefiada por Seldjuk, integrante do grupo turco ghuz.

shour — ritual de magia ligado a manipulações astrológicas.

Smallah! — interjeição de espanto, admiração, misto de reza e louvor.

snúbar — frutos de pinheiro nativo da região do Mediterrâneo, caríssimo e de sabor inigualável, usado nos pratos recheados e nos quibes.

Stadt Bern — cervejarias que surgiram em São Paulo em 1877, com boliches e cançonetas em caramanchões ao ar livre.

stambali — dança cerimonial tunisiana.

sumac — *summac* ou *sumagre*; planta de cujo fruto se obtém um pó vermelho e ácido.

surata — cada capítulo do *Corão*, em árabe chamados *sura* (plural, *suwar*); significando revelação, ou conjunto de revelações.

t

tabule — ou *tabbule*, salada de trigo com vegetais, também chamada de comida das mocinhas por ser um alimento muito leve.

tanha, rakkase, rakadu — a palavra "dança" vem do sânscrito *tanha*, que significa alegria da vida; enquanto a palavra árabe *raks* (da qual se deriva, por sua vez, a turca *rakkase*) deriva da palavra assíria *rakadu*, significando celebrar.

tanur — forno coletivo para se fazer pão, usado pelas mulheres.

taqbirny — manifestação de carinho, significando: Enterre-me, ou seja, Não poderia viver sem você.

trance — dança para banir espíritos maléficos, para descarregar energias negativas e criar um clima de calma e bem-estar.

türük — variante de *türk*, ou turco, nome dado originalmente para os pastores nômades que haviam fundado Estados na Ásia central.

u

ukab — ave, espécie de abutre.

urá — pão doce.

v

Vegnè zò... — rito de blasfêmia de imigrantes italianos em que se levantava o chapéu ao céu como um cálice e se evocava santos para que ali entrassem; fechando-o cuidadosamente para nenhum santo escapar, o blasfemo metia-o sob as rodas da carroça e, urrando *Porchi!*, fazia com que a roda esmagasse o chapéu.
Venezziani gran signori... — quadra de imigrantes italianos, citada em *Italianos e gaúchos*, de Thales de Azevedo.

x

xaráb muátar — refresco perfumado.
xecrie — carne de carneiro na coalhada.
xipaton — chefe.

y

Ya cemil — nome de uma antiga música árabe, de autoria ignorada.
Ya lilli ya aini — "Ó você que é meus olhos"; frase para estimular performance de dançarina.
Ya noori — "Ó você que é minha luz"; frase para estimular performance de dançarina.
you you you you — canto de alegria que as mulheres entoam nos acontecimentos felizes, desde nascimentos até o simples término de um trabalho manual.

z

zaar — dança cerimonial no Egito.
zaatar — ou *záhtar*, segurelha, o orégano sírio; quando não encontrado, pode ser substituído por especiaria feita com a mistura de *sumac*, sementes de gergelim e tomilho seco em pó.

Obras da autora

Anjos e demônios, poesia, 1978
Celebrações do outro, poesia, 1983
Boca do Inferno, romance, 1989*
O retrato do rei, romance, 1991*
Sem pecado, romance, 1993*
A última quimera, romance, 1995*
Clarice, novela, 1996*
Desmundo, romance, 1996*
Amrik, romance, 1997*
Que seja em segredo, antologia, 1998
Noturnos, contos, 1999*
Caderno de sonhos, diário, 2000
Dias & dias, romance, 2002*
Deus-dará, crônicas, 2003
Prece a uma aldeia perdida, poesia, 2004
Flor do cerrado: Brasília, infantil, 2004*
Lig e o gato de rabo complicado, infantil, 2005*
Tomie: cerejeiras na noite, infantil, 2006*
Mig, o descobridor, infantil, 2007
Lig e a casa que ri, infantil, 2009*
Yuxin, romance, 2009*
Mig, o sentimental, infantil, 2010
Carta do tesouro, infantil, 2011
Carta da vovó e do vovô, infantil, 2012

www.anamirandaliteratura.com.br

*Publicados pela Companhia das Letras

1ª EDIÇÃO [1997] 2 reimpressões
2ª EDIÇÃO [2011]
3ª EDIÇÃO [2013]

ESTA OBRA FOI COMPOSTA PELA HELVÉTICA EDITORIAL EM AGARAMOND E IMPRESSA
PELA GEOGRÁFICA EM OFSETE SOBRE PAPEL PAPERFECT DA SUZANO PAPEL
E CELULOSE PARA A EDITORA SCHWARCZ EM MARÇO DE 2013

A marca FSC® é a garantia de que a madeira utilizada na fabricação do papel deste livro provém de florestas que foram gerenciadas de maneira ambientalmente correta, socialmente justa e economicamente viável, além de outras fontes de origem controlada.